MATTEO NUCCI

SONO COMUNI LE COSE DEGLI AMICI

PONTE ALLE GRAZIE

Prima edizione: novembre 2009
Prima ristampa: maggio 2010

ISBN: 978-88-6220-090-5

Ponte alle Grazie è un marchio
di Adriano Salani Editore S.p.A.
Gruppo editoriale Mauri Spagnol

Il nostro indirizzo Internet è: www.ponteallegrazie.it

Sono comuni
le cose degli amici

A Costanza e Giulia

Fedro: Ora andiamo, ché la calura si è fatta più mite.
Socrate: Ma non è giusto pregare gli dèi di qui, prima di incamminarsi?
Fedro: Come no?
Socrate: Caro Pan e voi altri dèi che siete qui, datemi la possibilità di diventare bello in ciò che ho dentro. E quel che ho fuori sia in armonia con quel che ho dentro. Ricco io ritenga il sapiente. E che io possa avere una quantità di oro quale non potrebbe prendere e portar via nessun altro se non il temperante.
Abbiamo bisogno di altro, Fedro? Per me, si è pregato nella giusta misura.
Fedro: Prega anche con me per tutto questo. Infatti, sono comuni le cose degli amici.
Socrate: Andiamo.

Platone, *Fedro*, 279b4-c8

Veglia

Aprì l'anta del mobiletto bianco e diede un'occhiata veloce. Spostò i flaconi uno a uno, guardando se dietro le confezioni ce ne fossero altre. Poi cominciò da capo. Si chinò sotto il lavandino, tirò fuori il cesto dove erano ammucchiati i medicinali da viaggio, rovistò. Prese tutte le buste e uscì dal bagno. Sentì suonare di nuovo il campanello e, un attimo dopo, la voce dal corridoio: «Lorenzo, Lorenzo», Martina lo stava chiamando. Aprì la prima busta sul letto e la rovesciò. Ne prese un'altra e rovesciò anche quella. Lentamente, mise da una parte le medicine che controllava. Ce n'erano di scadute, ma non le buttò via. Concluse l'operazione dopo pochi minuti. Rientrò in bagno e aprì di nuovo il mobiletto, tirò tutto fuori e lo scaricò sul letto e mentre guardava le confezioni si fermò, tornò dentro e mosse i barattoli al lato del lavandino. Lo vide subito e sorrise. Prese il flaconcino, lo aprì, si guardò nello specchio. Devi farti la barba, disse. Si toccò le occhiaie pesanti e vide le rughe sulla fronte e le contò. Erano quattro, una quinta solo accennata. Mise il viso di traverso, estrasse la lingua e lasciò cadere quindici gocce sotto la lingua, contandole nello specchio. Per un attimo restò fermo, chiuse gli occhi, assaporò il gusto amarognolo, poi aprì l'acqua, si sciacquò la faccia e uscì. Nella stanza, un filo di aria fresca passava attraverso la finestra socchiusa e il caldo pesante del primo pomeriggio era confinato fuori, tra i colli che s'intravedevano oltre la valle, l'erba già ingiallita sui campi, la terra bruciata e le striature di caligine lontano. Si sedette sul bordo del letto, fra le medicine sparse, e si chinò sulle ginocchia, stropicciandosi gli occhi. Guardò il ritratto nella cornice. Era una cornice di ferro, arabeschi contorti s'intrecciavano intorno al vetro sottile. Scrollò le spalle e si alzò. Un altro squillo alla porta. Non potevi aspettare? Non potevi aspettare? disse. Spostò il ritratto da una parte, rivolto al sole che entrava dai campi. Abbassò la maniglia lentamente, in un cigolio, si affacciò sul corridoio e sentì il brusio che proveniva dal salotto. Per un attimo si voltò verso la stanza accanto: la porta era accostata, il via vai di saluti a suo padre sembrava che si fosse interrotto. Si avvicinò, fece una leggera pressione sulla porta e guardò dentro, nella penombra, lui lì, disteso supino, nel suo vestito di lino blu, le mani intrecciate. Non avresti voluto candele, disse in un soffio, poi scosse il capo e tornò sui suoi passi.

«Vuoi che preparo un tè?» disse la donna.

Martina si voltò in silenzio e la guardò. Infilò una mano fra i capelli arruffati, diede un'occhiata intorno. «Chiediamo a Lorenzo» disse, «per me va bene, ma chiediamo a lui». Si alzò e passò un dito sugli armadi bianchi della cucina. Aprì la finestrella e guardò fuori, nella valle inondata di sole. «È andato di là, credo» disse. «Aspettiamolo, sì. Aspettiamo Lorenzo».

La donna sorrise e riempì il pentolino. «Intanto metto l'acqua a scaldare».

«Grazie Irma. Sei gentilissima».

«Faccio quel che c'è da fare, non è un problema» disse la donna, asciugandosi le mani lungo il grembiule.

Il sole entrava nel salotto dalle persiane socchiuse. C'era odore di fiori. Irma li aveva disposti nei vasi. Aveva tolto le composizioni di fiori secchi preparate per la cena della settimana prima.

Sul divano, due uomini parlavano sottovoce e, accanto alla portafinestra aperta sul giardino, amici di Lorenzo, in piedi, bevevano da bicchieri di plastica. In un angolo era aperto un tavolino e c'era aranciata e cocacola, posacenere già sporchi, il fumo che oscillava nei raggi obliqui del sole. Restò lì, appoggiata sull'uscio, fra la cucina e il corridoio che dava sul salotto. Lo vide che usciva dalla stanza che un tempo era stata loro. «Lorenzo, vieni un attimo» disse. Lui si voltò e la seguì verso la cucina.

«Mamma ha telefonato. Viene più tardi».

«Ok» disse lui.

«Zio è di là, in camera, ci pensa lui, ma mamma dice che dovresti occupartene anche tu».

«Va bene».

«Dice che non vorrebbe incontrarla».

«No, non vuole incontrarla».

«No».

«E non pensa che ci sia altro di più importante?»

«Mamma è così».

«Certo, mamma è così».

Si guardarono.

«Ti vuoi riposare un po'?» le chiese.

«No, non ti preoccupare, grazie».

«Come preferisci, ma ci sono io, io sto bene».

«Stai bene?» fece Martina.

«Non in quel senso», scosse il capo e fece per tornare verso il salotto.

«Lorenzo».

Si voltò.

«Vuoi del tè?»

«Cosa?»
«Irma sta preparando del tè».
«Va bene, grazie» disse lui, e si voltò di nuovo.

In salotto, abbracciò i nuovi arrivati, li fece accomodare e disse loro che più tardi avrebbero potuto salutarlo. Mosse due passi verso il giardino e tirò fuori una sigaretta. «Fatemi accendere» disse agli amici, e quelli si toccarono le tasche dei pantaloni, poi uno di loro estrasse un accendino e glielo avvicinò alla bocca. Nessuno parlò.

Dal cancelletto la videro entrare. Era vestita di bianco e aveva il volto bianco, gli zigomi appuntiti e il passo leggero. Non si era accorta di loro. «Carolina» disse qualcuno. Lorenzo si mosse sul prato verso di lei. Lei lo vide e fece per fermarsi. Lui si avvicinò. Tre passi e furono vicini. Si strinsero.

«Dio mio» disse una ragazza, e l'uomo che aveva dato da accendere a Lorenzo la guardò.

«Proprio così. Dio mio» fece lui scandendo le sillabe.

«Sara non verrà?»

«Non credo. È stata qui tutto ieri. Oggi non verrà. Lorenzo dice così, almeno».

«Gliel'ha chiesto lui?»

«Non so. Forse le cose vengono da sole».

«Da sole?»

«Non sarebbe carino che si trovassero qui tutti insieme, no?»

La ragazza lo guardò in silenzio.

In cucina, il vassoio era pronto sul tavolo di legno. Martina passò un dito lungo il bordo e sorrise. Prese il mattarello infilato nel buco sotto il piano e lo tirò fuori poco a poco. «Ci giocavamo sempre, io e Lorenzo, da bambini». Irma la guardò e sorrise. Lei restò come sovrappensiero, faceva girare il manico del mattarello fra le dita in un movimento circolare continuo, poi alzò gli occhi su di lei. « Vuoi che t'aiuti? » disse alla donna.

« Grazie, veramente, non c'è problema. Riposati, tu. Ha ragione Lorenzo. Devi riposarti ».

« Allora aspetto il tè, poi me ne vado un po' di là ».

« Brava. Così si fa ».

La guardò mentre spostava le tazze dal mobiletto al vassoio, seguì le sue mani grosse, le dita rovinate e i movimenti dolci, precisi. Si sedette sulla seggiola impagliata. Vide le tazze di porcellana con il disegno floreale blu che uscivano dal mobiletto dipinto di bianco, le guardò mentre andavano a posarsi sui piattini, una dopo l'altra. Irma si muoveva lentamente, un po' appesantita dall'età. Il rubinetto era aperto sul lavello bianco crepato e ogni tanto Irma sciacquava qualche tazza impolverata, subito l'asciugava e la rimetteva a posto. Poi dispose i cucchiaini. Su un piatto poggiò un limone tagliato a metà e su un altro mise un bricchetto metallico e lo riempì di latte. Si avvicinò ai fornelli, prese la pentola d'acqua che si scaldava lentamente e lasciò cadere un goccio d'acqua nella teiera, la coprì e la scosse a lungo, due volte, tre volte, poi la svuotò. « Fa un po' caldo per il tè » disse. « Ma lo facciamo tiepido. Il tè freddo qui non si beve ». Aprì la credenza e tirò giù tre barattoli di marmellata zeppi di rametti, foglioline, lunghi pezzetti scuri. Con un cucchiaino ne soppesò da tutti e tre i barattoli in misure diverse, con cura, mischiò le essenze dentro la teiera, la chiuse di nuovo. Mise un dito nell'acqua e spense il fuoco, tirò su il pentolino con la mano nuda, senza proteggersi, e versò l'acqua nella teiera.

« Ecco qui » disse. La guardò. « Martina ». Sorrise e le si avvicinò. « Martina » ripeté.

Lei fece un gesto confuso con il capo. « Erano anni che non ti vedevo fare il tè ».

La donna sorrise. « Tra poco è pronto. Vuoi portarlo tu di là? »

*

Martina si passò le mani fra i capelli mentre la vedeva avvicinarsi. Si chinò sul vassoio cercando qualcosa, ma non c'era nulla. «Carolina» disse. Lei non rispose e l'abbracciò. Restarono vicine per qualche secondo.

«Quanto tempo, dio mio, quanto tempo».

«Non dirlo a me, Martina».

«No, lo so. Sono contenta di vederti. Ci speravo».

«Io non pensavo, non avrei mai sperato...»

«No, certo, non dire nulla, ti prego».

Carolina sorrise. Le sfiorò un braccio.

«Vuoi una tazza di tè?»

«No, grazie».

«Il tè di Irma».

«Allora ne prendo un po', sì».

«Te lo ricordi».

«Non si dimentica nulla, di qui».

«Era solo un anno fa, in fondo, anzi un po' di più» disse Martina.

«Cosa?»

«Quel pranzo qui. Era primavera. Stavate ancora insieme».

«Forse. Forse stavamo insieme. Chi può saperlo».

«Scusami».

«Forse stavamo insieme, sì» disse ancora Carolina, «ma adesso ci sono cose più importanti».

Videro Lorenzo che arrivava dalla cucina.

«Ho bisogno di riposarmi un attimo» fece Martina. «Proprio un attimo. Ci vediamo dopo, va bene?»

«Va bene».

«Grazie, Carolina. Grazie di essere qui», si voltò.

Lei fece un gesto alzando leggermente il braccio.

Lorenzo la vide e le venne vicino mentre Martina si allontanava, l'abbracciò ancora e chiuse gli occhi.

*

La donna la guardò e le disse: «I biscotti li vuoi?»

Martina non rispose, percorse il corridoio, entrò in camera e richiuse la porta senza voltarsi. Vide le medicine sparse sul letto e le rimise nelle buste. Si affacciò in bagno e accese la luce. Dietro le lentiggini che l'estate aveva cominciato a scoprire c'erano due solchi scuri appena accennati. Si passò l'acqua sul viso e si guardò di nuovo. Vide il flaconcino ancora aperto accanto al lavandino, lo tirò su e lo guardò in controluce. Tornò nella stanza, si sedette sul letto e cominciò a leggere la posologia, le precauzioni, le controindicazioni. Mise tutto da una parte e si sdraiò. Accanto al letto c'era un fumetto, un libricino sui fiori, una rubrica consumata, un quaderno dove, con grafia femminile tremante, erano elencati ingredienti, ricette di pesce, dolci. Si alzò e accostò le persiane. Nella penombra guardò il soffitto, il lume che scendeva giù dal centro del soffitto, un filo elettrico antico e il paralume ingiallito. Chiuse gli occhi. Vide la valle fuori, era inverno, aveva nevicato, la scuola era chiusa e erano tutti lì. Irma preparava la carne e il padre era davanti alla brace e lei e Lorenzo giocavano e aspettavano di uscire con le buste dell'immondizia per usarle come slittini, per scivolare giù velocissimi. «Quando arriva mamma?» chiedeva Lorenzo, e lei lo guardava facendogli gli occhiacci. Sarebbe venuta Ludovica, la mamma non veniva più da quando veniva Ludovica e a suo padre non bisognava dirlo. «Non viene mamma?» insisteva Lorenzo, e nessuno rispondeva e Irma la vedeva che guardava Lorenzo e gli faceva delle facce strane e cercava di fermarlo. La guardava con un sorriso, Irma, e sarebbe andata da lei, più tardi, magari era quello il giorno in cui le aveva insegnato a fare i biscotti? Fuori continuava a nevicare. Avrebbe nevicato per giorni interi e le strade per Roma erano bloccate. Si voltò sul fianco e ricominciò a piangere.

*

«Fra poco, andiamo a salutarlo» disse lui.

«Va bene» fece Carolina.

«Se vuoi».

«Sì».

«Adesso c'è zio. Preferisco aspettare».

Si spostarono fuori e Carolina salutò gli amici di Lorenzo, prese una sigaretta e l'accese, poggiò la tazza su uno sgabellino e fece per sedersi su una sdraio. Guardava il prato che declinava verso la siepe di rosmarino e di lavanda. C'erano qua e là fiori azzurrognoli sui lunghi steli di lavanda. Un gatto comparve dal cancelletto d'ingresso e subito s'infilò dietro il cannucciato che divideva il giardino dal retro dove, in una casetta di legno prefabbricata, erano stipati gli attrezzi e i tavoli per le feste.

«Vuoi del succo? Un'aranciata?» le chiese Lorenzo.

«Grazie, ho già preso il tè, va bene così».

Lorenzo spostò una seggiola al suo fianco e si sedette. Il sole lo accecava. Si alzò, mosse lentamente il grande ombrellone facendo un cenno a due amici che erano in piedi a fumare accanto alla portafinestra, tornò a sedersi. Le prese una mano e lei fece per ritrarsi. Poi si strinsero. Le carezzò il braccio bianco.

«Mi sembra assurdo» disse Carolina.

«È assurdo».

«Come è possibile?»

«Non lo so».

Lo guardò. Lorenzo le sorrise e continuò a tenerle una mano carezzandole il braccio.

«Sono contento che tu sia qui. Ti voleva molto bene».

«Non dirlo, no».

«Ma è vero. Ti voleva troppo bene e penso mi abbia disprezzato per quel che ho fatto, ma non l'ha mai detto, non ha mai detto nulla».

«Ti prego, Lorenzo».

«No, voglio che tu lo sappia».

«Anch'io gli volevo molto bene».

«Forse pensava che io stessi facendo le stesse cose che aveva fatto lui. Forse si rivedeva in me e per questo non mi ha mai detto nulla. Però non c'era bisogno di dirlo. Si vedeva bene che non era contento. Lo scorso autunno...»

«Ti prego, Lorenzo. Non voglio pensarci, ti prego. Io...»

«D'accordo, basta».

Si guardarono. Poi lei si voltò verso il cancelletto del giardino. Entravano due donne che non conosceva. Lorenzo si alzò. «Arrivo subito» le disse. Lo guardò mentre andava incontro alle donne con il suo passo un po' stanco ma fermo. Le abbracciò e fece loro strada verso il salotto. C'era un vento leggerissimo e i fiori di lavanda si muovevano e il verde a tratti sembrava striato di bianco, di un colore acqueo. Si alzò e s'incamminò verso la siepe. Avvicinandosi il colore era di nuovo lo stesso. Restò ferma, lì, giochicchiando con un fiore di lavanda già secco, lo tenne in mano e si portò le dita verso il naso per sentirne l'odore. Vide Lorenzo che usciva dalla portafinestra e parlava con due amici. Aveva i capelli più lunghi del solito, era un po' ingrassato, ma sembrava sempre uguale, sempre uguale a se stesso.

«Chi erano quelle donne?» domandò Carolina.

«Non l'hai riconosciuta?»

«Perché?»

«È Ludovica, la seconda moglie di papà».

«Veramente?» disse. «Lei? Quella più alta?»

«Sì. Non l'avevi mai incontrata?».

«Mai. Solo in fotografia».

«E adesso è qui. E mamma non vuole incontrarla. Ancora adesso, pensa».

«Ma tua madre non c'è».

«No, infatti. Torna più tardi. Non so quando».

«Come Sara».
«Cosa?»
«Niente».
«Che hai detto?»
«Niente, davvero».
Lorenzo le prese un braccio, leggermente. «Vuoi fare due passi con me?» disse. «Dieci minuti in paese. Non mi va di restare qui, adesso».
«Andiamo» fece lei, alzandosi. Si avviarono verso il cancelletto, senza voltarsi indietro.

Le due donne sedute sul divano presero il tè, mentre Irma portava via i piattini sporchi e metteva in ordine il tavolinetto delle bibite. Due amici di Lorenzo rientrarono e si andarono a sedere in cucina. «Possiamo aiutare?» chiesero alla donna che si piegava sulla busta della spazzatura.
«No, macché, ragazzi» disse lei, passandosi le mani sul grembiule. «Sto facendo i biscotti. Martina li vorrà, vedrete. E anche voi».
«E certo. Ce li ricordiamo bene. Se li ricordano tutti».
La donna rise. «Volete qualcos'altro da bere?»
«No, Irma, grazie mille. Meno male che c'è lei».
«Lei chi? Chi è lei?» disse la donna, e loro scoppiarono a ridere.

A un certo punto Martina smise di rigirarsi, guardò un attimo il lampadario, si alzò, entrò in bagno e prese la boccetta, ne versò dieci gocce in un bicchiere, lo riempì d'acqua e bevve d'un sorso. Poi si passò l'acqua sul viso, si asciugò e tornò a sdraiarsi sul letto. Prese il quaderno e lo aprì di nuovo. Riguardò la ricetta del polpo alla Luciana: «Chiuderlo con la carta paglia e non farsi prendere dalla tentazione di controllare». Ma chi aveva potuto scriverle, quelle ricette? Sfogliò il quadernino fino alla fine, le ricette si esaurivano prima della metà, il resto delle pagine era bianco. A chi avrebbe potuto chiederlo? Pensò a Ludovica eppoi alla donna che l'aveva sostituita: Marianna. Pensò a una giornata d'estate, di ritorno dal lago. I campi bruciati dal sole, un caldo che adesso in confronto non era nulla. Irma non c'era, doveva essere tornata al suo paese. Lei entrò in casa e faceva fresco. Ludovica se n'era andata. Lorenzo era in vacanza, c'erano solo loro due. Suo padre non disse nulla e se ne andò in camera a riposare. Lei restò sola a guardare la televisione, poi si stese sul letto, nella penombra del pomeriggio, e non sapeva che fare. Cosa era successo dopo? Non trovava niente da leggere. Era rimasta lì a guardarsi intorno, aspettava suo padre che era in camera a dormire. Proprio come ora. Fece un gesto nell'aria e lasciò cadere la mano sul letto, si voltò sul fianco. Prese il cuscino fra le braccia, strinse le mani sugli occhi e non riuscì a trattenersi. Rimase così per qualche minuto, poi si alzò sul bordo del letto e rientrò in bagno, si sciacquò la faccia, cercò di calmarsi, aprì la finestra. Faceva caldo, fuori, ma c'era anche un po' di vento. Lo sentì sulla pelle, smise di ansimare. Restò lì a riposare, gli occhi chiusi sotto il vento. Si sentiva meglio, richiuse la finestra e sbuffò, prima di aprire la porta.

La stradina costeggiava un muro inondato di sole che proteggeva un giardino abbandonato da anni. Si vedevano gli alberi di limoni, qualche palma, e c'era odore di fiori di limoni già rinsecchiti e un sottofondo di cicale. Dall'altra parte si apriva la valle e le case di pietra dei contadini, i pollai, i campi coltivati, le vigne che digradavano nei terrazzamenti irregolari.

«Mi sembra irreale» disse lui.

Carolina gli camminava accanto.

«Stava benissimo, capisci? Aveva fatto tutto, tutti i controlli. Era solo triste».

«Era triste?»

«Sì, forse si sentiva vecchio. Lo sai come era, no? Sempre lui, sempre il migliore. Adesso, stava spesso con mamma, lo sai? Sempre più amici, come se avessero trovato un rapporto nuovo. Magari accettava di essere quel che era. Io non capisco».

«Ma non c'è niente da capire».

«E invece sì. Perché è come se fosse successo qualcosa di nuovo e forse è quello che l'ha condannato».

«Che dici?»

«Sempre pronto a dirle a chiunque, sempre lui il migliore, il più amato, quello che sapeva cosa fare e si divertiva sempre. Lo sai benissimo. Fino a un anno fa è stato così».

«Era cambiato molto?»

«Non vedeva più Marianna, mai, mai più. E lei non è ancora venuta, figurati. Ma lui aveva definitivamente chiuso, forse è stato anche cattivo con lei, non so. Non usciva con nessun'altra. Passava poche volte al negozio a controllare che tutto andasse bene, ma non si fermava e non si metteva a pontificare, litigare, criticare. Era più calmo. Stava quasi sempre qui».

«E allora? Perché dici che questo lo ha condannato? Non può essere così».

«Mi sembra che sia colpa mia».

«Che dici?»

«Stava sempre qui, mamma era spesso qui, tutta una nuova vita. Ma certe cose sembra che uno sia condannato a non viverle».

«Non capisco».

«Non pensi che uno abbia una natura e non possa uscirne?»

Lo guardò senza espressione. Si fermarono, faceva un caldo insopportabile, gli oleandri rosa accompagnavano alla fine del viottolo, dietro c'era ombra e la piazzetta da cui partiva la stradina verso la chiesa. Si sentiva il rimbombo delle cicale come un respiro e la terra era riarsa e le pietre scottavano.

«Mi sembra che non potesse fare questa vita» disse senza guardarla, «e ho l'impressione che abbia cominciato a farla perché aveva visto me. Io che lasciavo te per Sara. Non l'ha mai sopportato».

«Lorenzo, che dici? Che dici?»

«Ecco qua, si è scaldato abbastanza». La donna tirò via il piattino che aveva poggiato fuori dalla finestra, sotto il sole. C'erano dadini di burro già quasi fusi, in poco più di cinque minuti. Con l'indice e il medio distesi spinse il burro nella farina, poi prese un uovo, lo ruppe su una scodellina e lasciò cadere l'albume passando il tuorlo da una parte all'altra del guscio, con un movimento rapido che ripeté cinque volte. Ogni volta, gettò il tuorlo nella bacinella dove aveva disteso la farina e il burro. Il sesto uovo lo aprì e lo fece cadere direttamente nella bacinella con tutto l'albume. I due amici di Lorenzo la guardavano e anche Martina la guardava dall'uscio. «I biscotti per te» disse infilando le mani nella bacinella e cominciando a impastare come se sotto ci fosse una schiena da massaggiare, una pelle a cui ridare vita. Martina le fece un sorriso e lei socchiuse gli occhi e continuò a impastare per minuti interminabili. Infine cominciò a fare delle pallette che depose sul piano di marmo del tavolo.

«Poi, uno di questi giorni, mi fai anche gli gnocchi?» chiese Martina, lo sguardo basso sulle mani della donna, impegnate a ripetere un movimento velocissimo. Irma alzò la testa e fece un gesto senza dire nulla. Si spostò verso il forno e lo aprì, quando tutte le pallette furono sul tavolo. Dispose della carta sulla teglia e la posò su una sedia. Prese ogni palletta e la modificò con un gesto dei due pollici spostati contro l'indice e il medio uniti. In pochi minuti la teglia era piena di cravattine. La infilò in forno e si passò le mani sul grembiule e disse: «Dieci minuti e le togliamo, altri dieci per farli riposare e potete mangiare».

Il telefono suonava. C'era un brusio sempre più forte dal salotto e lo zio uscì dalla stanza e andò a salutare le donne sedute sul divano. Martina guardava dal corridoio. Vide il sorriso dello zio mentre salutava Ludovica e gli abbracci alla sorella di Ludovica e vide un amico di suo padre che si avvicinava al divano e intanto versava del vino bianco nel bicchiere di carta. Il telefono smise di suonare. Lei si voltò e c'erano gli amici di Lorenzo che la guardavano. Fece un mezzo sorriso e andò verso il salotto a passo spedito.

In piazza, ai tavolini del caffè protetti da ombrelloni bianchi e rossi con un logo scolorito della cocacola, c'erano quattro vecchi che giocavano a carte. Quando videro Lorenzo alzarono la testa, smisero di parlare e accennarono un saluto. Lui ricambiò con un cenno, entrò dentro il bar e la ragazza alla cassa si alzò e lo salutò, stringendogli forte la mano. L'uomo dietro il banco uscì a passi spediti e gli si fece incontro, lo abbracciò. «Gli voglio tanto bene» disse, «abbiamo brindato tante volte, lo sai?» Lorenzo lo ringraziò. «Voglio troppo bene a tuo padre. È un uomo straordinario. Lo sanno tutti qui. Sempre gentile. Sempre pieno di vita, sì, sempre una parola giusta per tutti». Lo strinse di nuovo. Carolina chinò il viso, si protesse gli occhi con una mano e restò in silenzio, poi si girò e andò a sedersi fuori, a un tavolino. Lorenzo la raggiunse. «Vuoi qualcosa?» disse. «Un gelato?» Fece segno di no. Lorenzo prese un whisky. L'uomo ne versò molto nel bicchiere e ci spinse dentro due cubetti di ghiaccio. La ragazza gli disse di sedersi ché non c'era bisogno di pagare. Lui ringraziò e tornò fuori. Si sentivano le carte cadere sul tavolino metallico. Le seggiole intrecciate di fili di plastica erano fresche e Carolina guardava verso la valle.

«Ecco. Portateli di là» disse Irma ai due amici. Loro presero il grande vassoio su cui erano sparsi disordinatamente i biscotti e si mossero verso il salotto. Martina si alzò dalla poltrona, fece un cenno a Ludovica e spostò su un lato del tavolino di vetro i posacenere; le riviste le infilò nel ripiano sotto e accompagnò il vassoio. Prese subito un biscotto e fece per risedersi. Ludovica, invece, si alzò. «Andiamo a salutarlo» disse. Martina non rispose. La vide mentre mormorava qualcosa alla sorella e lo zio le faceva spazio. Guardò i suoi capelli lunghi biondi, la pelle già abbronzata e solcata da piccole rughe accanto alle labbra, la camicia blu e i calzoni eleganti e il filo di perle e il passo lento sul cotto, verso il corridoio.

«Certe volte mi sono chiesto se decidiamo mai qualcosa» disse. Guardava il bicchiere tondo su cui era inciso in nero *Ballantine's*. Tenendo fermo il pollice faceva girare il bicchiere su se stesso. «Adesso mi sembra chiaro. Non decidiamo nulla».

«Perché dici così, Lorenzo?»

«Ieri pomeriggio, quando sono corso qui, è stato tutto velocissimo, eppure in quei minuti, mentre aspettavamo, io e mamma, poi Martina e zio, be', io ho pensato che non si decide nulla. Non che sia tutto scritto, non voglio dire questo, non è retorica. La sua vita doveva finire così, lui era quello, non poteva cambiare, non poteva decidere di vivere anni diversi, in un modo diverso. Ha smesso, e subito è arrivata la fine. Non si può cambiare».

«Ma Lorenzo, no».

«Tu credi che sia un atteggiamento di disperazione, ma non lo è. È così e basta».

«Non lo so».

Bevve un sorso e guardò su un lato, si portò la mano sugli occhi e fece un sospiro. «Quello che non vorrei pensare è che abbia cercato di cambiare strada per colpa mia».

«Ma ti sembra che tuo padre fosse così? Così fragile? Non dirlo, Lorenzo».

«Mio padre era fragile, certo. Anch'io sono fragile e anch'io sono come lui e anch'io non potrò mai cambiare. Ecco».

Carolina lo guardò scuotendo il capo. Lui bevve ancora dal bicchiere di whisky e lo poggiò sul tavolino e si abbandonò sullo schienale di plastica.

«Non è vero» disse lei, «non è vero».

«Non è vero? È sempre la stessa storia. Ci nasci? Ci cresci? È il sangue, sono i geni, il dna, i comportamenti, le carezze della mamma, i primi litigi? Qualunque cosa sia, è così. Hai una natura e non la cambi più. E se ci provi, be', basta adesso, basta, sono noioso».

«Ma non è vero, Lorenzo. Hai un carattere, una struttura. Ma poi su quella struttura è come se tu potessi essere in mille modi, da mille parti diverse. Leonardo era un uomo pieno di desideri, pieno di cose, certo. Anche tu sei così. Ma su questo si possono fare centinaia, migliaia di scelte diverse».

Lui restò in silenzio e bevve l'ultimo goccio di whisky.

Carolina lo guardava, avvicinò una mano alla sua e lo carezzò.

«Non mi odi, tu? Come fai a non odiarmi?»

Lei scrollò le spalle, sospirò e si mise su un fianco, poggiandosi al bracciolo della seggiola antica. Si sentiva sempre il fruscio delle carte sul tavolino accanto, gli uomini che mormoravano commenti, le cicale e un tintinnio di posate dall'interno oscuro del bar.

*

Le donne uscirono piangendo. Le vide subito mentre voltavano lungo il breve corridoio verso il bagno accanto alla cucina. Martina restò ferma finché la porta del bagno si richiuse, e fece una smorfia. I due amici di Lorenzo la guardarono senza dire nulla, si alzò e loro la seguirono mentre si avviava verso la stanza. Scostò la porta, c'era odore di chiuso. Nella penombra si fece spazio verso la finestra e la aprì un poco dietro la tenda. Vide Pietro e Lucio lì in piedi, immobili. Disse che se volevano si potevano sedere. Guardò suo padre, le mani unite in una posizione che non avevano mai avuto, un atteggiamento finto. Lo guardò avvicinandosi, la pelle delle mani era come di gomma e il vestito scuro era sgualcito su un fianco. Lo mise a posto, si avviò di nuovo verso l'uscio, i due amici di Lorenzo la seguirono. «Potete restare quanto volete» disse lei. Ma loro, senza dire nulla e respirando affannosamente, uscirono verso il sole.

Irma era seduta in cucina, sulla seggiola di legno impagliata, e si poggiava allo stipite della finestrella di ferro. Guardava il viottolo, giù, dal retro della casa, dove si scendeva verso il fiume e si passava sull'altro fianco del vecchio paese. Il vento muoveva i lecci e i castagni e le foglie tremavano scintillanti. Martina si mise a sedere accanto al tavolo. Prese la bottiglia di vetro opaco con le scanalature, fece pressione sull'anellino di ferro e il tappo bianco venne via ciondolando sul fianco, versò l'acqua in un bicchiere di carta sollevandolo dagli altri poggiati lì a testa in giù, e bevve.

«Ne vuoi un altro?» domandò la ragazza.

«Grazie, grazie mille, no» fece lui in un sorriso.

La ragazza prese il bicchiere e fece per andare.

«Un bicchier d'acqua, per favore» disse lui.

«Due, grazie» fece Carolina.

«Subito, arrivo subito, certo».

Lui poggiò il mento sui pugni chiusi uniti per le nocche delle dita, i gomiti piantati sul tavolinetto metallico.

«Una volta abbiamo organizzato un banchetto colossale, qui» disse ridendo. «Pazzesco».

«Quando?» fece Carolina.

«Mah, non lo so, mi sa che non ci conoscevamo ancora, o forse sì? No, non so, magari anche dieci anni fa. C'era Marco».

«Marco?»

«Sì, studiavamo, una delle volte in cui venivamo a studiare qui gli esami, prima di partire per le vacanze».

«E quindi?»

«Era praticamente estate e la trattoriola era chiusa, forse era domenica? O magari era perché d'estate sembra sempre domenica? Fatto sta che papà viene qui di mattina a leggere il giornale, incontra qualcuno, qualcuno del paese, si mette a chiacchierare, poi decidono di pranzare. Me lo ricordo perfettamente. È un'immagine nitida. Si sono già scolati vino bianco in abbondanza e io e Marco ci siamo uniti a loro e ridono tutti, è bellissimo, una giornata calda ma ventosa, simile a oggi. Continuano a fare brindisi, alzano i bicchieri, ridono, finché papà dice che bisogna cucinare qualcosa e sono tutti d'accordo. Dice che sennò si ubriacano senza scampo e non va bene, il pomeriggio finirebbe male. Sono tutti felici, brindano a papà, qualcuno canta. Allora lui si alza e dice al vecchio, il vecchio proprietario, lo zio di Giovannino, l'uomo che c'è ora, gli dice che prende in prestito la cucina e così gli farà fare un sacco di soldi. Quello, figuriamoci, ride e alza le spalle. Papà inizia a dare ordini. Te lo immagini? Hai presente quando papà comincia a dare ordini?»

Lei sorrise, si era chinata sul tavolo, poggiandosi su un braccio.

«Dice: 'Tu porta una pentola, tu aglio e olio, tu porta il sugo, tu il pecorino, tu questo, tu quello'. A noi, per ultimi, ci prende da parte e ci dice di correre. È estasiato, ci guarda bene negli occhi e ci dice che sarà un pranzo di quelli che non si possono dire. Dobbiamo fare ogni cosa con cura perfetta. Guanciale e pollo sono in frigorifero. Rosmarino e pepe. Un'erba particolare che è in un vaso fuori dalla cucina. Molte altre cose che non mi ricordo. 'Prendete tutto, infilate tutto in una busta e correte'. Noi ridiamo, Marco si diverte, è entusiasta, andiamo di corsa. Abbiamo bevuto anche noi già parecchio vino, io mi sento leggero nonostante il caldo. A casa non c'è nessuno. Avevamo ancora Willy, il cagnetto, c'era solo lui. Prendiamo tutto, ci sciacquiamo e torniamo, ancora di corsa, e quando arriviamo loro sono già tutti lì a banchettare. Hanno portato formaggi, salumi, pane, molta roba in più di quella prevista. Tutto aperto in cartate unte, sui tavolini metallici, briciole, bucce di formaggio, coltelli. E papà si è messo a fare l'amatriciana e intanto il pollo cuoce in forno. Ti immagini, tu, un pranzo del genere d'estate? Dico: amatriciana, pollo, salumi, formaggi e vino rosso, vino rosso che scorre magari anche un po' caldo. Sotto il sole, agosto. Ti immagini?»

«E cos'è successo, poi?»

«Niente, nulla è successo. Solo un'ubriacatura di quelle storiche. Tutti a cantare, tutti sudati, le camicie intrise di sudore, canti di ogni genere. Finito il pranzo, caffè eppoi whisky, cognac, amari. C'era tutto il paese, be', cioè quei pochi che erano in paese, qui a cantare, ridere, chiacchierare, fino alla sera. Barzellette zozze, racconti di puttane, viaggi in paesi dell'est, alla fine raccontavano di tutto, ma proprio di tutto, non hai idea. Fino a notte. Quando ce ne tornammo a casa, papà era ancora qui con qualcuno di loro. Ci mettemmo su una sdraio sotto il cielo nero, in quel tempo ancora ci facevamo le canne. Ce ne fumammo una e io mi sentii subito freddo. Come un sudore freddo improvviso. Eppoi ho vomitato l'anima, in giardino, dietro la siepe di rosmarino, ho vomitato tutto, pasta, pollo, formaggi, Marco rideva e mi aiutava. Poi mi sono rimesso sulla sdraio e lui invece se n'è andato a letto, era troppo stanco. Io stavo benissimo, mi sentivo quasi fresco e sono rimasto lì sotto le stelle. Papà è tornato tardi, non so neppure che ora fosse, io ero ancora in giardino, ormai mezzo addormentato, non me l'aspettavo, mi fece quasi paura e lui, lui era ubriaco e, dio mio, voleva parlare. E io non avrei mai voluto, me lo ricordo benissimo, stavo lì e pensavo: 'Perché non te ne vai a letto? Non sederti, dai. Non mi va di sentire nulla'. E invece, lui che non parlava mai, lui che non mi parlava mai, adesso che era ubriaco, si mise lì e voleva parlare, oddio».

Lorenzo si fermò e strinse le mani sulle tempie e le passò più volte fra i capelli. Carolina gli si avvicinò allungando la mano verso le sue braccia. Dal tavolo accanto li guardarono.

Il telefono squillò. In salotto qualcuno si mosse verso l'apparecchio grigio, poi il trillo antico smise. Martina comparve sull'uscio della portafinestra con l'amica appena arrivata. Si guardò attorno, incrociò lo sguardo di un amico di Lorenzo che poggiava la bottiglia di aranciata. Entrò dentro e si diresse in cucina. Irma era ancora seduta di spalle, rivolta verso la valle.

«Ti ricordi Emilia?»

Irma si voltò. La ragazza si fece avanti sorridendo e la donna scosse il capo abbassando lo sguardo e al tempo stesso si alzò dalla sedia impagliata.

«No, non devi» disse la ragazza.

«Ma Emilia, Emilia mia».

«Irma».
«Emilia mia, t'ho vista che eri una bambina».
Le si avvicinò e la strinse. Si baciarono.
«Irma».
«Ma quanto sei diventata bella, Emilia mia».
La ragazza continuò a sorridere.
«Lo so le cose che hai passato» disse la donna, «Martina mi ha raccontato tutto. Non ci posso pensare, piccola mia, ma prenditi qualcosa, ci sono i biscotti, forse, ancora. Se vuoi, preparo dell'altro tè».
«No, Irma, non ti preoccupare, prendo un po' d'acqua».
«Ecco».
La ragazza si avvicinò, passandosi una mano fra i capelli neri fruscianti. Aprì il rubinetto e prese un bicchiere dallo scolapiatti.
«Sono contenta di rivederti, Irma».
Intanto squillò di nuovo il telefono.
«Avevi risposto tu, prima?» domandò Irma a Martina, poggiata contro lo stipite della porta.
«No, vado» disse lei e si allontanò.
Emilia bevve dal bicchiere in silenzio e Irma la guardava alzando le spalle.
«Si dimentica tutto» disse la ragazza.
La donna rimase in silenzio, poi disse: «Lo so, lo so com'è. Passa il tempo, e il tempo cura ogni cosa».
«Adesso sono qui, Irma. È come se ci fosse un odore che non cambia mai. Ma sono qui con te. Sono appena arrivata e sono qui con te. È come odore d'incenso, di chiuso, di penombra. Torna tutto fuori. Sto bene, sì, chi l'avrebbe mai detto? Ho un figlio, lo sai?»
«Certo che lo so».
«Mi sono risposata due anni dopo. In fondo, sono stata fortunata».
Irma fece un sospiro.

«E Leonardo? Leonardo come stava?» domandò la ragazza.
«Stava benissimo. Sembrava stesse meglio che mai. Non l'avevo mai visto così, io, sai?»
«Cioè?»
«Sembrava cambiato. Adesso, qui, tornava spesso la mamma di Martina, e lui sembrava rilassato».
«Cosa?»
«Sì. Dopo Marianna, era rimasto solo, voleva rimanere solo. E molto spesso era qui Giovanna. Dormiva nella stanza dei piccoli, ma stava qui. Come due buoni amici, due amici veri. Sembrava tutto diverso».
«Era invecchiato?»
«No, non lo so, forse io non posso accorgermene. Mi sembrava più tranquillo, ecco. Finalmente tranquillo».
«E stava bene?»
«Benissimo, secondo me, benissimo. Io non posso sapere. Certe cose non si possono capire. Io poi non venivo più tutti i giorni, eh! Ma certe cose non le puoi capire, non si possono sapere. Non l'avrei mai detto. Chi l'avrebbe detto?»
Emilia poggiò il bicchiere sul tavolo, Irma si scostò da un lato e guardò verso il corridoio. Si sporse alzandosi sulle punte.
«Sai dov'è Lorenzo?» domandò Martina rientrando.
«No, non lo so» fece la donna.
«C'è Sara al telefono».

L'apparecchio grigio restò posato sulla rubrica foderata di carta color crema a fiori. Il cerchio dei numeri consumato e i due pulsantini bianchi alzati in corrispondenza della cornetta. Un amico di Lorenzo era lì accanto e guardava il cerchio e i numeri sbiaditi dentro i piccoli occhielli dove infilare le dita, diceva sottovoce a Martina che l'aveva visto uscire con Carolina, ma già da un po', almeno mezzora. Lei tirò su la cornetta e spiegò che non sapeva dove fosse, probabilmente era con lo zio, c'erano mille cose da sbrigare, fogli da firmare, persone da contattare. Le disse che l'avrebbe fatta richiamare appena lo vedeva. Forse aveva spento il telefono, c'era troppa confusione, arrivavano tutti oggi e Lorenzo cercava di fare ogni cosa. La ringraziò. In un mormorio le mandò i suoi baci, ripeté ancora che la ringraziava per ieri, infine abbassò la cornetta sui pulsantini bianchi che scomparirono richiudendosi.

C'erano due vasi di gerani rossi, i fiori erano grossi, gonfi, scoppianti.

«Hai visto com'è verde, quest'anno? Non è mai stato così».

Carolina tacque.

Lui indicò oltre il muretto scrostato, che declinava a fianco del viottolo in macerie di pietre mezzo spaccate.

«Di qui si può passare benissimo. Andiamo?»

«Andiamo» fece lei.

Il prato era basso, c'erano steli di finocchio selvatico, fiori gialli, spighe biancastre qua e là e papaveri sbiaditi.

«Guarda» fece lui, «hai mai visto un papavero così a fine luglio?»

Si chinò e ne prese uno, i petali fragilissimi tremarono nel vento e lui tirò dritto verso la siepe di mirto che divideva il prato da una casa. Il sole passava sulla siepe.

«C'è un racconto che mi ha sempre fatto impazzire. Era uno di questi vecchi del paese che però doveva abitare spesso a Roma, un tipo cittadino insomma, non un paesano. Nel delirio dei racconti sull'est e sui club e le puttane, mentre erano alla fine del pranzo, lui tira fuori la storia di un locale di Barcellona. Dice che era stato lì, nel posto più bello del mondo, aveva pagato cinquantamila lire per entrare: certo, c'erano ancora le lire. Migliaia di persone, secondo lui, un palco gigante, e a un certo punto esce sul palco una ragazza splendida. Splendida. Si spoglia e inizia a fare non so quali operazioni, poi prende un microfono e invita a salire sul palco e fare sesso con lei. Nessuno risponde. Lei grida ancora e nessuno risponde. Poi lui alza la mano e va. È andato lui. Vergognarsi? Figuriamoci. Tutti ridevano. 'Te la sei fatta? Te la sei fatta?' urlavano. E lui fa: 'E certo, nessuno ci andava, 'sti poveri coglioni. So' andato io, te credo: 'na scopata gratis!' Dio mio, capisci? Una scopata gratis. Gratis. Non me lo dimenticherò mai». Carolina rise e alzò il volto bianco nel sole e si passò una mano fra i capelli, poi di nuovo tenne la testa rivolta all'indietro sotto il sole.

«Niente mare, quest'anno?» le domandò.

«Niente mare niente mare» fece lei in una cantilena.

Lui alzò le braccia all'improvviso, si mise un dito contro le labbra e le fece segno di fermarsi. Andò avanti a piccoli passi fra l'erba, la prese per mano e la trasse a sé, si sporse. Anche lei fece lo stesso. Guardarono la casa. Le imposte erano chiuse, ma sulle sdraio erano stesi teli e si sentiva il rumore dell'acqua. Si spostarono lungo la siepe e sul lato della casa comparve lo schizzo di un irrigatore che girava, mille gocce d'acqua che volteggiavano contro il fascio di luce del sole.

«Lorenzo».

Lui la guardò.

«Finisci il racconto, dai».

«Cosa?»

«Dimmi di Leonardo. Quando è tornato a casa. Che voleva dirti?»

Lui si voltò, abbassò gli occhi e rimase un attimo fermo, poi le strinse la mano e riprese a camminare.

In salotto, Ludovica le venne incontro e l'abbracciò. Le disse che si sarebbero viste l'indomani in chiesa e le strinse una spalla con forza finché lei non si scostò. Poi si avvicinò la sorella di Ludovica che, senza dire nulla, le venne vicina e la tenne contro di sé e le mormorò qualcosa mentre lei ripeteva: «Grazie, grazie, grazie di essere venute». Le accompagnò lungo il vialetto del giardino assieme allo zio, si voltò e salutò di nuovo. Uscivano anche due amici di Lorenzo, che le dissero di salutarlo da parte loro, se serviva qualcosa erano a Roma, avevano provato a chiamarlo a lungo, ma il telefono era spento. Ringraziò anche loro e tornò in salotto. C'erano meno persone, ora. Ancora tre o quattro amici di Lorenzo e una coppia che era arrivata da poco e un amico dello zio e forse di suo padre. Si lasciò cadere accanto a Emilia e chiuse gli occhi affondando la testa nel cuscino morbido di pelle, ricoperto da un panno bianco.

«È una fatica fisica».

«Lo so, lo so, Martina» fece Emilia.

«E Lorenzo non torna».

«No, ma lascia stare. Non c'è bisogno di pensarci».

«E invece sì».

«No, direi proprio di no».

«Adesso Sara è a casa, lo capisci? Dopo tutto quello che ha fatto».

«Sono cose sue, tu non pensarci, Martina».

Emilia la guardò e accennò una smorfia, si avvicinò al tavolinetto di vetro. C'era una pila di riviste, e in cima la copertina estiva, un'isola, il mare, ombrelloni bianchi. Prese un bicchiere di plastica, lo voltò e versò poco succo di pesca dalla bottiglia larga poggiata sul sottobicchiere di cartone di una birra.

«Da bambine abbiamo passato così tanto tempo con Leonardo» disse Emilia.

«E lui ti adorava».

«Era pieno di giochi, idee. Ti ricordi quando siamo venute qui e ci ha fatto quella casetta in giardino?»

«Lì dove sono gli attrezzi, certo».

Emilia bevve e rise. Si poggiò sul fianco e guardò Martina.

«Stava meglio, lo dicevano tutti, io non capisco».

«Non giocava più?» domandò Emilia.

«Non giocava più. Aveva smesso».

Emilia si allungò verso il tavolino e versò dell'altro succo.

«L'aveva promesso così tante volte, lo sai meglio di me, ci ha fatto impazzire. L'aveva giurato mille volte e ora che aveva smesso davvero non diceva nulla, non raccontava nulla. Sai chi me l'ha detto?».

«Chi?»

«Mamma. Pensa: mamma me l'ha detto. Erano tornati amici e spesso stavano qui insieme. E un giorno mamma mi chiama e mi dice: 'Martina questo non te lo aspetteresti mai'. Io le chiedo di parlare e lei ride. Eppoi mi dice che papà le ha confessato che era quasi un anno che non giocava più. Non voleva dirlo. Adesso che era vero, non voleva dirlo a nessuno». Guardò Emilia, unì le mani come in preghiera sulla bocca e mormorò: «Io non dovevo saperlo. Mamma si era raccomandata che non dovevo dirglielo. Era un segreto. Capisci? Un segreto. Una cosa buona doveva rimanere un segreto. E così non ho mai potuto dirgli niente, mai un complimento, una parola qualsiasi. Lui che festeggiava ogni cosa non ha voluto festeggiare questa. Io non ho mai potuto, dio mio, mai potuto dirgli: 'Bravo papà, sei stato grande'».

Martina scosse il capo e lo spinse forte contro le mani. Dalla portafinestra entrava del vento che faceva frusciare la tenda bianca. Si sentì rumore di pentole dalla cucina.

«Non gli ho potuto parlare. Forse avrei dovuto fregarmene e andare da lui e dirgli che lo sapevo, ma non l'ho fatto, non l'ho fatto, e ecco qua. Quello che ci aveva fatto penare per anni era finito e noi non potevamo festeggiarlo e non lo festeggeremo mai».

Scesero verso la valle lungo il sentiero che portava al fiume. C'era un canneto fitto e lui volle fermarsi a farle sentire l'umidità, le canne fresche che non si riescono mai a rompere, le foglie verdi che le avvolgono e vengono via srotolandosi. Cercava di non guardarla e lei si muoveva leggermente nel suo vestito bianco, il sottile filo d'argento sul collo e le mani libere da qualsiasi anello. Scesero fino a una piccola radura accanto a un grande leccio che proiettava l'ombra sotto i rami ricurvi, larghi fin dalla base come tentacoli che sporgevano dalla terra. Guardarono il paese di tufo, la roccia porosa che sembrava morbida sotto il sole che non era più alto e iniziava a lanciare una luce più tenue tutt'intorno. Non dissero nulla, fino al fiume. Era un rigagnolo d'acqua che scendeva giù in un rumore lontanissimo ma come se fosse sempre esistito, un rumore che viene da un'altra epoca. Lui le chiese di seguirla e la portò poco più in là, dove era ancora più umido, minuscoli ragni saltellavano fra l'acqua e le radici che sporgevano dal fiume e la terra era scoperta, non c'era erba, solo piante che si riversavano nelle pozze del torrente e una piccola ansa dove il fiumiciattolo girava.

«Qui venivamo a giocare, da bambini. Non te l'ho mai fatto vedere, non mi sembrava importante. Il tempo passa e uno pensa che le cose che hai fatto siano superate, siano forse anche ridicole. Venivamo sempre qui. E facevamo una piccola diga. Ci mettevamo ore».

Si accucciò su una lunga pietra liscia e le disse di sedersi lì accanto, era il posto più comodo del mondo, quello. Carolina si sedette e lo guardò. Lui la prese per un braccio e l'avvicinò a sé. Lei continuò a guardarlo con gli occhi azzurri ricoperti da una patina acquosa. Poi disse lentamente: «No, Lorenzo, ti scongiuro, no». Lui sorrise e si lasciò cadere sulla schiena, intrecciò le braccia sotto la testa e cercò di guardare il cielo assolato attraverso gli alberi.

Pietro si spostò da una parte facendole spazio, e scomparve nel corridoio, la donna entrò. Emilia e Martina si alzarono e le andarono incontro. Insieme, presero la scatola e la portarono in cucina. «Dalla cantina, l'hai portata su?» fece Martina, e Irma non rispose. Tirò fuori da un cassetto un piccolo coltello e incise il cartone lungo le estremità, dove era rivestito di nastro adesivo bianco. Sollevò il bordo e con uno strattone lo tirò via. Prese due bottiglie e le passò a Martina dicendole di metterle in freezer, gliene passò un'altra e le altre tre le misero in frigorifero. «Dobbiamo ricordarcene» fece, passandosi le mani sul grembiule.

Martina la guardò: «Pensi che arriverà ancora molta gente?» chiese.

Irma non rispose.

«Sono le sei passate. È fine luglio, è venerdì, vanno tutti al mare, chi può va al mare, non viene qua» disse quasi fra sé Martina.

La donna alzò il volto e la scrutò, poi riaprì il cassetto e mise a posto il coltello dopo averlo asciugato sul tessuto del grembiule.

Martina si voltò verso l'amica e mormorò: «Chi doveva venire è venuto. Chi non vuole venire non verrà mai».

Emilia guardò Irma mentre Martina attraversava il corridoio verso il salotto. Il telefono aveva ricominciato a squillare.

«Aveva ancora molti nemici?» chiese Emilia sottovoce alla donna.

Irma inarcò le sopracciglia e alzò un poco gli occhi, poi si mosse verso il frigorifero e lo riaprì.

«C'erano sempre questioni di soldi» disse la ragazza, e rilasciò i lunghi capelli neri da una parte. «Mi ricordo che erano sempre questioni di soldi quando parlava al telefono, quasi urlando. Noi eravamo bambine, forse pensava che non capissimo, ma ascoltavamo tutto eppoi ne parlavamo. Finché Martina non ne volle parlare più. Erano sempre questioni di soldi. Ma erano finite, no? A un certo punto, erano finite davvero, no?»

*

Lo zio stringeva la cornetta e domandava a Martina dove fosse Lorenzo. Dal vialetto arrivavano due uomini. Un amico di Lorenzo entrò dalla porta a vetri e si avvicinò a Emilia. Martina faceva segno allo zio che non sapeva e intanto era china sul cellulare. Sulla portafinestra i due uomini si arrestarono e dissero a Emilia che erano del paese, erano amici del paese. La ragazza indicò Martina e spiegò loro che era lei la figlia, i due uomini attesero. Lo zio si avvicinò e fece segno di entrare. «La moglie non c'è, ora» disse, «forse arriverà in serata». Emilia guardò lo zio e accennò un sorriso.

Lorenzo mosse le dita con cura prendendolo da sotto in un movimento leggero. Teneva la mano distesa e aperta sollevandolo. «Guarda quei pezzetti lì sopra. Non è strano?»

Lei si avvicinò.

«Se stai ferma e lo guardi senza pensare più a niente, ti sbalordisce. Sembrano tre strati: questi pezzetti che sono come legno, poi il fiore più classico, una costruzione perfetta. Qui in alto sembra che non si regga su nulla, quest'altro pezzo è come un disegno spaziale».

«Ma praticamente non ha odore».

«No, non può avere tutto. La sua assurda bellezza si è mangiata il profumo».

Risero.

«Si chiama passiflora».

«Passiflora, me lo devo ricordare» disse lei.

Lorenzo lasciò il fiore accompagnandolo giù sul reticolato da cui sbucava il rampicante, e sfilò la mano.

«Da quando hai cominciato a studiare i fiori? È Sara?»

«Non dire stupidaggini. Andiamo. Ho sempre amato i fiori. Con Marco era quasi una gara».

«Con Marco?»

«Sì».

«E io non lo sapevo».

«Non lo sapevi».

«Non ne hai mai parlato».

«Da bambino studiavo gli animali, le tracce degli animali, davvero non te l'ho mai raccontato? Avevo comprato libri che spiegavano come riconoscere le orme degli animali. Ho sempre sperato di trovare un lupo. Sai come si distingue il lupo dal cane?»

Lei continuò a camminare guardando il viottolo. La terra era secca e i fili d'erba ai lati del sentiero cominciavano a ingiallirsi.

«Tracci una linea immaginaria che congiunge i due polpastrelli laterali. Quelli inferiori dei cani superano la linea, nel lupo no».

«Ma che c'entrano le piante?»

«Studiavo anche le piante. Ma non perché m'interessassero le piante. Volevo sapere tutto di dove vivevano certi animali. Ero piccolo, fra i sei e gli otto anni, forse, quando ho conosciuto Marco. Lui era già molto esperto, sua madre gli aveva trasmesso la passione. Venivamo qui e io volevo sapere ogni cosa. Sai quando sei piccolo e studi ogni particolare e memorizzi una quantità impressionante di dati? Poi non dimentichi più nulla».

Sbucarono di nuovo sotto al paese.

«Guarda quei pini là. Un inverno avevo cercato di riempire un barattolo di resina perché credevo di poterla usare come colla, pensa. Avevo fatto dei tagli sulla corteccia eppoi sotto ci avevo messo dei barattoli di marmellata legati alla corteccia. Dopo mesi tornai e non c'era nulla, neppure i barattoli. Ecco, andiamo di là».

Ripresero la stradina che costeggiava il muro a secco. Il sole era basso ormai e quando videro l'ingresso di casa Lorenzo sbuffò e si voltò verso la valle. Poi spinse il cancelletto e le fece strada.

I due uomini si alzarono appena lo videro. Lo abbracciarono forte e bisbigliarono parole di stima. Lui fece loro grandi sorrisi dando pacche sulle spalle e tenendoli con le braccia aperte. Si mosse verso la stanza e li fece passare. Per un attimo restò sull'uscio, poi si fece avanti e scostò le tende dalla finestra e fece entrare più luce. Vide il letto di legno e il copriletto bianco, il mobiletto aperto contro il muro, e sentì l'odore di acqua di colonia che si era unito all'odore di chiuso. Aprì ancora di più la finestra. I due uomini erano in piedi, le braccia unite davanti a sé, chini. Uno di loro s'inginocchiò e pregò. Lui aprì ancora di più la finestra e sentì il vento percorrere la stanza. Guardò i capelli grigi sul cuscino e vide la pelle del collo giallastra illuminata da un fascio di luce. Sull'uscio c'era Carolina. Le fece un segno muovendo la mano verso di sé. La vide avanzare leggerissima nel suo vestito di lino. Era come un'ombra, come se venisse avanti a piedi nudi. Cercò di guardarle gli occhi azzurri quasi decolorati, ma erano nascosti nel buio, l'uomo in piedi si voltò. Lei si fermò sul lato del letto e si tenne il capo tra le mani, poi scoppiò a piangere. Pianse in singhiozzi forti senza fermarsi e anche lui si commosse e sentì che stava perdendo il controllo. Respirava affannosamente, Carolina, mentre si teneva la bocca e le lacrime scendevano sulla pelle chiara delle mani. La guardò ancora un attimo, poi attraversò la stanza e le andò vicino e la strinse a sé. L'uomo in ginocchio si alzò e insieme all'altro si avviò verso la porta, in silenzio. Lui tenne Carolina da dietro, avvicinò una sedia e le fece spazio, ma lei si girò e lo abbracciò, lo tenne stretto e spinse il capo contro il suo petto e ricominciò a singhiozzare forte, questa volta senza più freni, disperatamente. La carezzò, la carezzò a lungo e cercò di sentire il suo profumo nel collo, poi aprì gli occhi su suo padre e rimase immobile, finché lei non gli chiese di andare.

In bagno, vide che le medicine erano ancora sul letto, ma confusamente riposte nelle buste della farmacia. Le prese e le infilò nell'armadietto, spingendo perché si chiudesse. Diede un'occhiata al lavandino, tolse la boccetta e fece entrare Carolina, che aprì il rubinetto e si lavò la faccia. Sentì bussare.

«Lorenzo, sono io». Fece due passi verso la porta e la socchiuse. C'era Martina in piedi. «Ti devo parlare un attimo».

«Subito?»

«Subito».

«Arrivo».

Disse a Carolina di fare con comodo e uscì dalla stanza.

Quando accese il telefonino, in pochi secondi lo schermo fu inondato di messaggi. Li fece scorrere. Molte chiamate, messaggi di Sara, messaggi di amici e di numeri sconosciuti. Cominciò dall'inizio. Lesse velocemente. Ogni volta cancellò, oppure lasciò in memoria per ricordarsi di rispondere. Alla fine, compose il numero e attese. Attese a lungo, faceva fresco, molto fresco, guardava i barattoli di conserva allineati lungo il mobile di legno aperto, seguiva le bottiglie e le etichette segnate a mano, poi sentì un fruscio e la sua voce.

«Come stai?» chiese lui.

«Come stai tu? Ti ho cercato tanto».

«Avevo spento, mi spiace».

«Ma neppure a casa».

«Ci sono mille cose da fare».

«Mi spiace».

«Mille cose da fare, non si può immaginare».

«No».

«Finché non lo vedi, non puoi immaginarlo. Lo zio si dà da fare, ma anche per lui è dura. Sembra assurdo che si debbano riempire chili di carta quando uno vorrebbe pensare a tutt'altro. Chili di carta. Banche, assicurazioni, dichiarazioni, ogni momento salta fuori una cosa diversa, eppoi c'è da organizzare il funerale, scegliere la bara, scegliere questo e quello, e le cose più importanti?»

«Come si fa?»

«Ecco, come si fa? Io non so per esempio se papà avrebbe desiderato davvero un funerale in chiesa, io non lo so, non ne sono sicuro. Ma il corso delle cose è questo. Se si volesse fare qualcosa di diverso sarebbe anche troppo difficile. Ci hai mai pensato?»

«Cosa?»

«Dove fare un funerale laico».

«Certo».

«Non c'è la possibilità, oggettivamente. È troppo complicato. Alla fine, ho lasciato stare. Ne ho parlato un attimo con mamma, poi con zio e alla fine ho lasciato stare. Sarà in chiesa. Tutto va come se fosse scritto».

«E lì adesso chi c'è?»

«Pietro e Lucio, ancora loro, gli altri sono andati. Emilia, l'amica di Martina. Ludovica è andata via. Due amici di papà del paese. Carolina».

Lei tacque. Lui camminava seguendo i barattoli e sfiorandoli con un dito.

«Se non ci fosse Irma, sarebbe impossibile».

«Pensavo di venire».

«Sì. Carolina andrà via tra poco. Te lo faccio sapere io?»

«Ma non potrei venire comunque? In fondo...»

«No, non si può, Sara, lo sai».

«Ma le cose devono tornare normali».

«Adesso le cose non sono normali».

«Ma devono».

«Sì, ma adesso è morto mio padre. Se non fosse successo, Carolina non sarebbe qui. Lo sai benissimo. È qui soltanto perché non è un momento normale».

«Certo, ma magari col tempo».

«Forse col tempo le cose potranno cambiare, ora no. Lei non potrebbe sopportare di vederti».

«E tu la difendi?»

«No, Sara, per favore».

«Perché devi difenderla?»

«Sara, non la difendo. Soltanto, le cose stanno così».

«Così come?»

«Lei è stata mia moglie».

«Ah, è per questo».

«Anche, lo sai benissimo. Ha conosciuto papà molto bene».

«E io no?»

«Certo, anche tu, ma lei è stata mia moglie per quasi cinque anni, Sara, lo sai, per favore, cosa mi domandi?»

«Niente, vorrei soltanto venire».

«Ma sei stata qui tutto ieri, Sara. Stamattina. Sei sempre qui, io ti ringrazio, ma adesso sarebbe un problema, e io l'ultima cosa che voglio ora è un problema in più, lo capisci, no?»

«Certo. Sarei un problema, scusami».

«Per favore, Sara».

«Niente».

«Tu Carolina la conosci, siete state amiche, è stata dura, durissima per lei. Sai tutto meglio di me. Non chiedermi nulla, adesso, per favore».

«Nulla».

«Ti chiamo io dopo, va bene? Ti chiamo appena Carolina va via».

«Da quanto è lì?»

«Forse un'ora, forse meno, non lo so, ci sono troppe cose da fare, qui, Sara».

«Certo».

«Ti chiamo più tardi».

Quando chiuse il telefonino, restò fermo un attimo, poi cominciò a rileggere i messaggi. Muoveva le dita sulla tastiera con durezza. Improvvisamente spinse il tasto rosso, sullo schermo apparvero la data e l'ora sotto il marchio, tenne premuto il tasto rosso, si materializzò per qualche momento un pannellino grigio che si espandeva e si richiudeva, poi il telefono si spense.

I due uomini salutarono Martina.

«Non so dove sia Lorenzo» disse loro promettendo di avvertirlo appena l'avesse visto.

Carolina si avvicinò e l'uomo più alto accennò un inchino.

«Salve» disse lei.

«Salve».

«Siete amici di qui, vero?»

«Sì» risposero insieme.

«Eravate al famoso pranzo in piazzetta?» domandò lei sorridendo.

«Ah, dio, che pranzo» disse l'altro. «Sembra ieri. Ne ha sentito parlare?»

«Lorenzo mi ha raccontato».

«Indimenticabile».

«Siete restati fino all'ultimo?»

«Credo di sì, eravamo ubriachi» disse l'uomo più alto. Aveva rughe profonde e una pelle scura e dura. «Fu talmente bello. Noi aspettammo fino alla fine, sì, ne sono sicuro. Eravamo veramente ubriachi. Ma con Leonardo poteva capitare di bere per ore e lui non sembrava mai perdere il controllo».

«Da vero giocatore di poker» disse l'uomo più basso.

«Già» fece lei.

«Quella volta però ci siamo ubriacati a dovere e anche Leonardo, forse, barcollava».

«Mi sa proprio che si era ubriacato anche lui» disse l'altro. «Che uomo, che grandissimo uomo».

Si guardarono un momento scuotendo il capo. Poi il più alto sbuffò. «Ma è inutile dirlo a lei. Lei lo ha conosciuto bene, no? Lei è sua nuora?»

Carolina sorrise e tacque.

I due uomini fecero un cenno come a toccare il cappello che non avevano, si chinarono in avanti e salutarono di nuovo.

Faceva fresco. Sul lato scoperto del muro erano accatastati vecchi giornali ingialliti e fumetti e libricini mezzo ammuffiti. Dalle due finestrelle piccole in alto entrava la luce densa del sole che si rompeva in una figura irregolare sul pavimento terroso. Il muro era scrostato e c'erano antichi anelli di ferro su cui erano attaccati pendagli coperti di ragnatele, vecchi paralumi e canne secche con cui era stato costruito un incastro per coprire un lume da giardino. Sulla parete lunga e sempre buia i ripiani di legno erano zeppi di fiaschi, bottiglie, barattoli e lui già aveva cercato di ordinarli mentalmente. Si fermò davanti ai due vecchi frigoriferi. Aprì il congelatore largo e basso e rovistò. Bistecche, polli, pesci interi, tranci di pesce spada. Su un lato, contenitori chiusi ermeticamente con targhette compilate a matita: polpette, brodi vegetali, minestre di pesce, la data di confezione accanto. Aprì il frigorifero: bottiglie di vino, birre, acqua, formaggi, bottigliette di Campari. Richiuse, chinò il capo e passò sotto i guanciali e i salumi appesi a un'estremità dell'ultimo ripiano, attraversò la cantina fino alle scalette che davano sulla porta di legno, la aprì tenendola con le due braccia per farla girare senza che s'incastrasse sul terriccio, sbarrò il ferro facendolo scorrere dentro il passante. Fuori il sole stava calando.

*

Lucio stringeva la mano di Irma e la ringraziava. Lei scuoteva il capo. Martina lasciò scorrere l'acqua nel lavello, muovendo le dita sotto il rubinetto per tastarne la temperatura.

«Passami quel bicchiere, per favore» disse a Emilia.

L'amica restò un attimo ferma, baciò Lucio dicendogli che si sarebbero visti, prima o poi si sarebbero incontrati, magari al baretto dove un tempo abitava, ci tornava spesso.

«I migliori tramezzini del mondo» disse lui, e lei sorrise.

Martina restò ferma e accennò di nuovo un saluto, Emilia le passò il bicchiere. Si sentì suonare il telefono e Martina alzò gli occhi al cielo.

«La smetti di pensarci? Non sono affari tuoi» disse Emilia, e lei abbassò il capo mormorando di sì.

«Hai ragione, mi viene spontaneo».

Irma si passò le mani sul grembiule e sospirò e dal salotto si sentì la voce di Lorenzo che salutava l'amico. Irma alzò gli occhi su Martina. Lei bevve, sciacquò il bicchiere e lo poggiò sullo scolapiatti di legno.

Mentre camminavano sul vialetto d'ingresso, vide Carolina che si sedeva su una sdraio e accendeva il telefono.

«Mi dispiace non essere stato con voi, Lucio, ma mi capisci, no?»

Lui fece uno sbuffo e allungò il braccio verso Lorenzo.

«Ci sono troppe cose da fare eppoi c'è Carolina e io non so proprio».

«Cosa non sai?» gli chiese l'amico.

«Nulla, nulla».

Passarono accanto alla siepe di lavanda, Lorenzo si voltò verso la valle. Il cielo cominciava a scurirsi e lontano, all'orizzonte, c'era una luce giallastra e i campi sembravano diafani.

«Pietro dov'è?»

«Era lì con Carolina» e si voltò verso la casa.

«Mi dispiace non essere stato con voi».

«Ma Lorenzo».

«No, sono stanco, sono confuso».

L'amico lo prese per il braccio. «Mi dispiace non restare, ma devo correre, Lorenzo, scusami, lo sai, te l'ho detto, devo assolutamente».

«Sei matto? La smetti o no?»

«Domani ci vediamo presto, ci vediamo in chiesa o ti serve qualcosa prima?»

Lorenzo scosse il capo e gli poggiò una mano sulla spalla. Lo guardò negli occhi. «Siete veramente gentili, grazie». Si abbracciarono. Lorenzo aprì il cancelletto, poi diede un'altra pacca sulla spalla dell'amico.

«Credi che Marco verrà?»

Lucio sgranò gli occhi.

«Non capisco».

«L'ha saputo?»

«Marco, dici?»

«Sì».

«Non lo so, credo di sì, io non l'ho sentito, non ci sentiamo da un po'».

«Pietro?»

«Cosa?»

«Pietro gli ha parlato?»

«Non lo so, Lorenzo, non lo so, domandaglielo».

Abbassò lo sguardo. Si abbracciarono di nuovo. L'amico s'incamminò sul sentiero verso il piazzale polveroso. Si voltò a salutare. Lorenzo restava poggiato accanto al cancelletto d'ingresso. Alzò una mano e rientrò.

«Vuoi rimanere a cena?» domandò a Carolina.

«Non credo, penso che sia meglio andare, ora».

«Ho pensato, prima, che avrei potuto cucinare qualcosa».

«Le tue cene».
«Pensavo che potresti restare».
«Le famose cene di Lorenzo».
«C'è un frigorifero pieno di roba, c'è un vecchio congelatore dove si può trovare di tutto. Qualcosa riusciva a metterla da parte. Bisognerebbe far vedere quei frigo a tutti quelli che gli ripetevano della cicala e la formica, dio mio, una storia che mi fa venire i brividi».
«Lorenzo».
Si allungò verso il tavolinetto. La bottiglia di succo di frutta era vuota.
«Vorrei anche un aperitivo. Sono stanco».
«Riposati, allora».
«No, riposerò dopo».
La guardò, avvicinò un braccio verso la spalla esile.
«Resta per cena».
«Penso sia meglio di no, Lorenzo».
«Ti prego, resta per cena».
«Non credo sia una buona idea».
«Resta, Carolina, resta qui».
Lei tacque, chiuse gli occhi, fece segno di no con la testa.
«Non saremo soli. Lo dico a Pietro, poi c'è lo zio, Emilia, Irma. Resta a cena». Fece una smorfia allungandosi di nuovo sulla sedia da giardino.
Lei continuò a guardare davanti a sé.
«Vado a dirlo, d'accordo? Lo dico a tutti e ci mettiamo all'opera. Resta qui».

Martina si prese la testa fra le mani. Emilia si mise a sedere accanto a lei e le disse che sarebbe restata, le faceva piacere, era carino che Lorenzo volesse fare una cena. Pietro si avvicinò a loro e chiese se volevano bere qualcosa, del vino, un aperitivo, qualunque cosa.

«Tu saresti l'addetto agli aperitivi?» fece Martina.

«No, cerco di aiutare».

«Facciamo una festa, certo» disse lei alzandosi all'improvviso.

Emilia le andò dietro. Entrarono nella stanza e Pietro si mosse attraverso i divani e accese una luce sul mobiletto d'angolo. Il muro bianco s'illuminò e comparve una lunga crepa che scendeva dal soffitto. Il telefono suonò.

La donna fece un movimento goffo e si poggiò sul bordo del tavolo. «Non so» disse.

Lorenzo fece due passi verso di lei. «Siediti, Irma».

«Ma perché?»

«Ti siedi solo quando non c'è nessuno. Lo so. Me lo ricordo».

«Che vuoi ricordarti?»

«Mi ricordo che ti vedevamo affacciata alla finestra, io e Martina, quando tornavamo a casa. Eri lì a guardare fuori, seduta sulla seggiola. Poi appena capivi che qualcuno era in casa ti alzavi in piedi e rimettevi la seggiola sotto il tavolo. Mi faceva ridere, all'inizio. Poi ho capito».

«E cosa hai capito?»

«Siediti, Irma, sediamoci, dai».

Le prese un braccio con delicatezza, e spostò una sedia e si lasciò cadere. La donna si passò le mani sul grembiule e si mise a sedere. Lo guardò senza dire nulla.

«Penso che sarebbe felice di questo, no?»

«Che vuoi dire?»

«Martina è strana adesso, pensa che io voglia fingere. Come se per me non fosse successo nulla. Ma non voglio fingere io. Siamo qui. Non pensi che sia bello cenare insieme?»

La donna non rispose.

«Prima ero in cantina e ho aperto i frigoriferi. Li riempivi tu?»

«Macché! Non lo sai che tuo padre non vuole che si vada in cantina?»

«Certo che lo so. Ma tu ci andavi, no?»

«Tutte le volte che sono venuta a stanarti».

Lorenzo rise. «Ma tu potevi? Papà non se la prendeva mai con te».

«Tutte le volte che mi toccava cercarti».

«Era diverso, però. Quando ero bambino era diverso».

«Come?»

«Lì dentro. Tutto diverso. Prima sono stato lì, ho girato un po', ho cercato di ricordare e mi è sembrato tutto diverso».

«Lo risistemò, papà, ma almeno dieci anni fa».

«Forse non ci ero mai tornato».

La donna alzò gli occhi verso la finestra che si mosse in un cigolio.

«Ma volevo dire: tu andavi lì anche per i frigoriferi o no?»

«Solo se me lo domandava, solo se c'era qualcosa di preciso da fare. Io mi occupo di questo frigorifero. Papà fa tutto lui, di là».

«Ecco, prima guardavo, controllavo. È tutto molto ordinato. Lascia quasi sconcertati».

«Molto ordinato, certo, hai ragione».

«Ho visto i barattoli di conserva, poi il freezer, il frigo. Ho pensato di cucinare».

«Cucinare?»

«Sì, voglio cucinare. Insieme a te, se vuoi. Penso che sarebbe felice».

«Certo, era sempre felice delle cene, lo sai».

«Sarebbe felice di essere qui, con tutti: gli amici nostri, le ragazze, i ragazzi, lui che cucina e prepara qualcosa eppoi si vanta del suo guanciale, del pomodoro, del pesce. Martina crede che io adesso voglia divertirmi. Come può pensarlo?»

Irma alzò le spalle senza dire nulla.

«Vado a guardare. Vuoi venire con me?»

«Vai tu, vai tu».

«No, vieni, ti prego, Irma, andiamo insieme».

Uscirono dalla cucina e la donna si guardò attorno camminando pesantemente sul cotto. Si fermò, si chinò su una macchia accanto al tavolino, poi seguì Lorenzo. Lui usciva già dalla portafinestra. Fuori, Carolina e Pietro parlavano, fumando una sigaretta. Smisero appena lo videro e lui fece una faccia complice e mosse la mano distesa nell'aria: «Guai a voi» ripeté, «guai a voi». Irma si voltò e loro due rimasero in silenzio.

«Non lo so» disse ancora, «non credo sia così».

Si lisciò i lunghi capelli neri e guardò fuori. Sulla valle era sceso un colore denso di verde, l'aria continuava a muoversi, ancora calda, e il cielo era di un blu sempre più intenso, qua e là si vedevano lumini accesi.

«Forse hai ragione» disse Martina. «Prima sono entrata qui e lui aveva lasciato le medicine in giro. Credo sia stravolto e forse non si rende conto».

«Certo, non lo vedi? Eppoi non sei tu quella che ora può giudicare. Adesso c'è altro a cui pensare».

«Sì, è vero, c'è altro a cui pensare. Hai ragione, Emilia, hai ragione».

Si alzò e si mise seduta sul letto. Prese il quadernetto ricoperto di carta dipinta di fiori. Lo aprì, seguì velocemente le ricette.

«Sempre cene, cene, cene, tu non puoi capire».

«Cene bellissime».

«Sì, per voi che venivate ogni tanto».

«E per voi no?»

«Per Lorenzo non so. Per me è stato faticoso».

Si passò la mano fra i capelli ispidi e spinse la testa all'indietro, stiracchiandosi.

«Ma lui stava bene, a cena, non pensava più a nulla».

«Quando riusciva a rimanere seduto tutta la cena sì, non pensava più a nulla. Ma per noi era diverso».

«Cioè?»

«Dopo la cena si restava qui, noi».

«E cosa succedeva?»

«Nulla, tutto. Il telefono che squillava, lui che non rispondeva, le voci femminili. E quelle maschili sconosciute. Almeno Lorenzo non gioca e non fa casini con i soldi».

«Ecco».

«Ma chissà, magari è arrivato il momento di cominciare».

«Perché dici così?»

«C'è sempre una prima volta, no? Magari questa è la volta che si mette anche a giocare».

«Non capisco perché dici così».

«Certo, certo», infilò le mani fra i capelli sulle tempie, si mosse come sforzandosi. «Adesso ceniamo, lui cucina, il telefono squilla, Sara lo cerca, lui non risponde. Festeggiamo tutti, festeggiamo tutti qui».

«Non so, Martina. Non credo sia così».

«C'è altro a cui pensare, vero? E io non voglio pensarci».

Emilia si mosse dalla finestra. Il vento gonfiava la tenda che prendeva la luce del vecchio faretto penzolante dal soffitto. Si sedette accanto a Martina e guardò la tenda che s'illuminava e tornava buia rilasciandosi lentamente contro il muro.

Quando Lorenzo e Irma entrarono in cucina, c'era lo zio seduto accanto al tavolo che li guardò. Lorenzo poggiò in terra le due ceste di vimini.

«Ti devo far vedere un po' di cose, andiamo di là?»

Irma si fece subito da parte e Lorenzo le chiese se poteva intanto mettere il polpo e il pesce spada sotto l'acqua corrente. Uscirono e la donna era già china su una cesta. Lorenzo seguì lo zio nello studiolo. C'erano carte sul tavolo.

«Sei stanco?» gli domandò Lorenzo, e lui fece un cenno chiudendo gli occhi.

«E tu non sei stanco?» disse l'uomo.

«Di questo volevo parlarti».

«Cosa?».

«Martina mi ha detto della cena».

«Sì».

«Sei sicuro?»

«Che vuoi dire?»

«Non so, Martina mi sembra affranta».

«Sì».

«Forse vorrebbe restare tranquilla. Non credi Lorenzo?»

«Ma restiamo tranquilli».

«Perché una cena, allora?»

Lorenzo per un attimo lo guardò. Aveva gli occhi di un verde opaco chiusi fra le rughe che scendevano circolari dalla fronte. La cravatta allentata e la pelle che calava sotto al mento leggermente più scura. Lo vide lì, un giorno in cui discuteva col fratello e sbatteva i fogli sul tavolino e cercando di soffocare l'ira diceva in maniera concitata: «Basta, basta, basta, io non ci sto, lo capisci? Non ci sto». Lui ascoltava da dietro la porta. Era come una voce che voleva esplodere e veniva continuamente smorzata e suo padre non diceva nulla e lui ricominciava: «Guardami, Leonardo, almeno guardami, hai capito o no?» Più tardi era uscito dalla stanza rosso in viso, era entrato in cucina eppoi aveva camminato a grandi passi verso il salotto, si era chinato su di lui e con una voce improvvisamente soffice gli aveva detto: «Andiamo fuori?» Guardò la camicia rimboccata fino al gomito, le braccia smagrite e l'orologio dal cinturino troppo grande.

«Lorenzo».

«Sì» rispose.

«Mi ascolti?»

«Zio, bisogna cenare. O no?»

L'uomo piegò un po' il capo e strinse le mani. «Lo so, Lorenzo, bisogna cenare. Ma tutti insieme? Sei sicuro? Anche gli amici?»

«Pensi che io voglia fare una festa?»

«No, però Martina...»

«Adesso le parlo di nuovo. Questa non è una festa, zio. Voglio solo mangiare, a tavola, con Martina, Carolina, Pietro, te».

«Io tra poco vado».

«Davvero?»

«Sì, voglio riposare, anche domani sarà difficile».

«Mi farebbe piacere se rimanessi. Vorrei veramente che tu rimanessi».

L'uomo si avvicinò, si passò la mano sugli occhi eppoi diede un colpetto sulla spalla di Lorenzo. «Anche a me farebbe piacere» disse guardando verso il muro.

«E non vuoi?»

«Sono stanco. Vorrei, Lorenzo, forse davvero mi piacerebbe, ma sono stanco, non so se ce la farei, mi capisci? Non so se ce la farei. Una cena, adesso, come le cene di Leonardo, io non so».

«Come le cene di papà, sì».

«Ecco, no, non so», strinse il pollice e l'indice scivolando sulle palpebre fino al naso e sbuffò, «non credo di potere, Lorenzo».

«Sei arrabbiato».

«E tu no?» gli chiese.

«Cosa?»

«Non sei stanco anche tu? Non vuoi riposare?»

«Ma zio, certo che voglio riposare. Sono distrutto. Ma come potete pensare il contrario? Come potete? Io però voglio stare con voi, mangiare qualcosa, non è una festa, come lo potete pensare?»

«Ma non lo penso, Lorenzo, non lo penso, nemmeno Martina lo pensa, stai tranquillo».

«Ecco».

L'uomo si mosse verso la scrivania e radunò i fogli.

«Zio».

«No, lo so, non capisco. Non poteva capitare a me?»

«Che dici zio?»

«Io ormai lo so come vanno le cose. Lui aveva voi. Doveva capitare a me».

Lorenzo rimase fermo e l'uomo scosse il capo e ripose con cura i fogli nella valigetta di pelle, controllò che fosse tutto a posto e la richiuse, poggiò un braccio sulla spalla di Lorenzo e lo guardò negli occhi.

«Domani sarò qui prestissimo. Il funerale è a mezzogiorno, ma ci saranno molte cose domani».

«Sì».

«Se puoi riposati. E adesso cucina bene. Io vado a salutarlo».

Mentre Lorenzo parlava con Martina, Pietro e Carolina mettevano a posto il salotto. Radunavano i bicchieri, buttavano in un secchio piattini e carte e toglievano briciole qua e là sui tavolini. Lo zio venne dalla cucina a salutarli e passò per la portafinestra allontanandosi nel giardino. Carolina lo seguì in silenzio.

«Grazie per essere qui» disse l'uomo quando furono davanti al cancelletto.

Carolina sfilò velocemente il gancio di fil di ferro e aprì.

«In questa casa siamo stati bene» disse lei senza guardarlo. «È difficile tornarci. Non so cosa mi stia capitando».

«Leonardo ha sempre pensato il meglio di te», fece un passo oltre la soglia e le posò una mano sulla spalla. «Diceva sempre che eri tu l'unica forte».

«Come?»

«Che eri più forte di Giovanna e per lui Giovanna era l'unica moglie forte».

«Non è vero».

«Sì, Carolina».

«Non ci vuole forza. Sono venuta perché non avrei potuto fare diversamente. Non ho neppure pensato un momento a quanto mi sarebbe costato. Non lo so, adesso, capisci? Ancora non lo so».

L'uomo sbuffò e le sorrise, fece un movimento appena accennato e la abbracciò. Lei lo strinse poggiando la guancia contro la cravatta, poi lo vide uscire e richiuse il cancello in un movimento automatico.

Tirò fuori il tagliere, ma Irma gli fece segno che non serviva. Guardò la donna che infilava il prezzemolo appena lavato dentro un barattolino da marmellata fino a che non fu zeppo, poi con le forbici iniziò a tagliare il prezzemolo all'interno del barattolo tenendolo chiuso con l'altra mano. «Geniale» disse lui. La donna increspò le labbra senza guardarlo. Lui intanto chiuse il rubinetto e tastò bene i polpi scongelati, prese un turacciolo e lo buttò dentro la pentola mezza piena di acqua fredda e subito dopo lasciò che vi cadessero i polpi e coprì bene con il coperchio metallico. Quindi riprese il tagliere e vi poggiò su i tranci di pesce spada e cominciò a tagliar via la pelle da ogni trancio.

«Non buttarla» disse Irma.

«Cosa?»

«La pelle».

«Non la devo buttare?»

«No, facciamo come diceva papà, lo stesso procedimento del guanciale: prima la cotica per la pentola».

«Cioè?»

«Poi ti faccio vedere. Tieni la pelle da una parte. La pentola va preparata. Come la teiera».

Lorenzo si voltò. La donna muoveva velocemente le mani grosse sul barattolino, si sentiva un rumore di forbici continuo, tintinnante ma soffocato. Lui tagliò il pesce spada in fettine non troppo sottili, poi le metteva tutte assieme e le tagliava nell'altro senso e con il grande coltello accompagnava i dadini irregolari sul tagliere fino a farli cadere nel recipiente di ceramica. Irma intanto posò cinque spicchi d'aglio sulla tavola di marmo, li schiacciò con il pollice sul dorso finché non si sentì il rumore e li aprì in un gesto veloce. «Vado a prendere le uova» disse e uscì. Lorenzo tirò fuori parmigiano e pecorino, li tagliò in parti uguali e cominciò a grattarli.

Martina spense la sigaretta nel portacenere e si alzò.

«Mettiamo la tovaglia bianca» disse.

Pietro si tirò su.

«Sposto il tavolo?»

Carolina continuava a parlare con Emilia, sottovoce.

Il cielo era ormai completamente scuro e la valle si perdeva contro la collina e il contorno sfumava nel cielo e non lo si poteva vedere che vagamente. Dietro la casa, invece, s'intravedeva il bagliore del paese. Martina indicò a Pietro dove mettere il tavolo e lui lo spostò dal muro contro cui era rimasto poggiato tutta la giornata. Martina restò in piedi a guardarlo con la tovaglia in mano. «Vieni» disse, «apparecchiamo».

Entrò in casa e Pietro la seguì. Attraversarono il salotto. Nell'angolo che dava sul breve corridoio verso le stanze, Martina si fermò e per un attimo guardò nel buio, poi si voltò verso l'armadio e chinandosi sulle ginocchia aprì lo sportello basso.

«Ecco» disse, «questi piacciono a Lorenzo».

Passò a Pietro sei piatti fondi di ceramica orlati da una pennellata verde. In mezzo, sullo sfondo grigio opaco, erano dipinti a mano dei galli con la cresta gialla e rossa alta, le zampette dritte tracciate in un segno veloce. Pietro sorrise guardandoli.

«Ce la fai?» domandò Martina e gli passò sei piatti piani dello stesso servizio.

«Certo. Poggiali lì».

Mise i piatti fondi sopra agli altri e li tirò su. Martina richiuse lo sportello cigolante. Poi aprì l'anta superiore, infilò la mano nel buio dell'armadio in un gesto imparato a memoria, tolse il gancetto che teneva chiusa l'altra anta e la aprì. Guardò fra i bicchieri mentre la investiva l'odore del legno. L'odore della casa da bambini, correre e nascondersi, il fuoco del camino acceso, e i bicchieri che sapevano di legno, sciacquarli nel lavandino mentre Irma è china sul tavolo di marmo. «Signora signora, dia a me» diceva a un tratto Irma nel silenzio della cucina, e lei si voltava e c'erano loro due abbracciati, sua madre e suo padre, tornavano da una passeggiata, avevano le guance fredde e si sfilavano lunghe sciarpe, allora lei posava un libricino sul tavolo e si arrampicava sulla seggiola per saltare al collo della mamma. Il crepitio del fuoco, il freddo che era entrato improvviso, i lumini tremolanti accesi fuori, Natale che si avvicinava. Si scosse, prese sei bicchieri e si voltò, Pietro era già sulla porta. Lo aspettò, poggiò i bicchieri in terra e gli fece segno, lei ne prese altri per il vino. Poi richiuse l'anta sinistra, assicurò il gancetto, accostò l'altro sportello e tornò fuori. Dalla cucina arrivava il tintinnio di posate e un brusio leggero.

Uscendo dal bagno si poggiarono sul davanzale della finestra. Emilia indicò un punto indistinguibile nella valle e Carolina scrollò le spalle.

«Una volta, da piccola, mi sono ammalata e stavamo qui» disse Emilia. «Sai quando passi la giornata a letto e qualsiasi cosa guardi diventa altro, si ingigantisce e finisci per attribuirle significati estranei?»

Carolina fece un cenno.

«Io sono sicura che sia lì, in quel punto. Era diventato un mostro, ne ero terrorizzata. Adesso me lo sono ricordato, improvvisamente. Sarei dovuta venire prima, quando c'era luce».

«Magari un'altra volta» disse Carolina.

«Un'altra volta?»

«Forse».

«Non credo che ci sarà. No. In fondo, chissà che ne sarà di questa casa. E noi? Avremo mai l'occasione di tornarci?»

«Ah, io no, certo io no» fece Carolina alzando una mano nel buio.

«Sei sicura?»

«Sì».

«Mai dire mai, Carolina».

«Sono qui, oggi, lo sai. Certe ferite non si rimarginano».

«Stai ancora molto male?»

«No, no, molto male no. Però a volte mi sveglio ancora di notte, i sogni».

«Lo so».

«Lavoro tanto, viaggio, eppoi sai della casa? Quella casa che io e Lorenzo volevamo tantissimo e non ci eravamo mai riusciti. Be', ci sono riuscita io. E quello è magnifico».

«Vedi?» fece Emilia, e intanto si sentì la voce di Lorenzo che chiamava Martina. Emilia si voltò e Carolina fece per muoversi verso la porta.

«Va bene così, è perfetto» disse la donna alzando gli occhi sul contenitore in cui le uova si erano mischiate fino a raggiungere una consistenza quasi spumosa.

«Bravo, eh? Mi hai insegnato tu».

Lei non batté ciglio, mentre faceva roteare la grande padella sui fuochi, scaldandola.

«Passami il piattino, guarda».

Lorenzo si avvicinò con il piatto e Irma lo prese e lo svuotò nella padella.

«Senza nient'altro?»

«Un filo d'olio, ma dopo. Così prende meglio il sapore del pesce».

Fece sfrigolare la pelle del pesce spada nella padella, la pelle si arricciò e si unì come restringendosi in rotolini animati, da una parte si fece marrone.

«Aggiungi un filo d'olio. Quello là, quello buono, certo».

Lorenzo lasciò cadere una goccia.

«Ancora» fece lei, «mica siamo al risparmio».

Quando l'olio si sparse sulla padella, una nuvola di fumo salì verso la finestrella aperta e l'odore del pesce si sentì forte. Irma con un cucchiaio di legno tolse la pelle ormai aggrinzita su se stessa, poi prese i pezzi d'aglio tagliati per lungo in due e li gettò dentro. Lorenzo la guardava. L'aglio prese subito colore e Lorenzo aggiunse dell'olio mentre Irma voltava gli spicchi e toglieva la pentola dal fuoco.

«Ecco, facciamolo riposare».

«Morbido morbido» disse lui.

«Basta un attimo».

L'olio continuava a sfrigolare, la donna prese il piatto con i pezzi di pesce ammonticchiati e lo passò a Lorenzo, poi rimise la pentola sul fuoco e girò ancora l'aglio. Dopo un minuto fece un gesto verso il piatto.

«Vado?» chiese Lorenzo, e lei fece sì con il capo senza guardarlo. I pezzi del pesce spada caddero nella pentola e l'odore del pesce inondò la cucina.

«Niente vino, vero?» disse lui.

«Fai la carbonara col vino tu?»

«No, ma nemmeno con l'aglio».

«Be', l'aglio è l'unica eccezione» disse lei, «insieme al pesce, certo. Ma il pesce senza aglio non esiste».

«Giusto» fece lui.

Si guardarono per un attimo sorridendo. Lorenzo controllò l'orologio.

«Ancora cinque minuti per il polpo».

La donna rimase immobile a guardare la padella. I dadini di pesce scivolavano qua e là accompagnati dal cucchiaio di legno, finché la mano della donna non girò la manopola e spostò la pentola sul tavolo di marmo.

«Coprila tra un minuto. Torno subito».

Si spostò su un fianco. Vide il profilo di Emilia scuro nel buio. I capelli neri che scendevano giù ai lati della sdraio. Non disse nulla. Lei restava ferma tenendo lo sguardo sulla siepe immersa nell'oscurità. Poi si lisciò i capelli e mormorò: «Scusami».

«Ma cosa dici?» fece Carolina.

«Parla, ti prego».

«Solo che tutto torna insieme».

«Come?»

«Passa il tempo e tutto cambia, ma poi se ci ripensi è come se fosse nulla, un battito di palpebre. Ogni giorno c'è qualcosa da fare e devi pensare a mille cose, cose pratiche, e tutto è sempre impietoso con te. Niente ha pietà. Dico le cose pratiche. Quelle non si fermano per nessuna ragione. E tu devi stare al loro passo, devi continuare a essere te, resistergli, sennò loro prendono il sopravvento, capisci?»

Carolina chiuse gli occhi e li riaprì. La sua pelle scintillò brevemente sotto la luce del giardino. Si sentiva Pietro che rispondeva qualcosa a Martina e le diceva ridacchiando che le posate lui non aveva mai saputo in che verso andassero disposte. «Quelle da frutta, Pietro. Queste sono da frutta» diceva Martina ridendo.

«Ho passato dei giorni pensando che avrebbero avuto il sopravvento. Mi svegliavo e restavo a letto, capisci? Era come se le cose passassero senza che fosse necessario mettersi in mezzo. Guardavo tutto così, da fuori, senza muovermi. Poi ho ripreso ogni cosa in mano. Adesso ho un figlio, non ci penso neppure, a volte».

«A cosa? Non capisco».

«Non penso alla perdita. Non ho più quel senso di nausea. Lo sai di che parlo, no?»

«Forse sì, forse. Ma io non ho vissuto quel che hai vissuto tu, quelle sono cose che non conosco, non posso neppure immaginare quanto si possa soffrire».

«Puoi immaginarlo, invece» disse lei passandosi una mano sulla guancia. Tolse in una mossa la lacrima, poi si asciugò sull'altro zigomo con il dorso della mano. «La morte è atroce, ma perdere un uomo è comunque un lutto. Tu cosa hai provato quando ti sei tolta la fede?»

Carolina alzò le braccia e si coprì gli occhi, poi scosse violentemente il capo, come rabbrividendo.

«Non sai dirlo, vero? Hai avuto voglia di vomitare, vero?»

«Così è pronto» disse Irma, «il polpo è tuo».

«Come mio?» Lorenzo rise.

«Eh» fece la donna. «Te lo ricordi? È stata la prima cosa che hai cucinato».

«No, be', proprio la prima no».

«Il primo pesce».

«Certo. Poi i calamari che mi hai insegnato tu».

«Quando arrivavate qua con i polpi che pescavate».

«Piccolissimi».

«Ma tanti, tanti, tantissimi, non sapevamo dove infilarli».

«Più piccoli sono e più sono teneri. Con la fiocina li prendevamo, anche con zio. Zio era il migliore, li trovava ovunque, peccato che non ci sia nemmeno lui». Con una presina alzò il coperchio e guardò dentro, muovendo l'acqua con un forchettone di legno. L'acqua era rossastra e l'odore del polpo uscì in una nuvola assieme a bolle bianche di acqua che sembrava improvvisamente più densa. «Ma all'inizio lo cucinavo in un altro modo, ti ricordi? Quand'è che abbiamo imparato il trucco? Da bambino ero impazzito per la ricetta del polpo alla Luciana, l'abbiamo fatto insieme, una volta, vero?»

La donna si passò le mani sul grembiule e si sedette.

«Seduta, sì, ecco» disse lui.

Lo guardò con una smorfia.

«La ricetta la sapevo a memoria. Quella di Ada Boni. Anche la pagina: 646, o forse 464. 'Non fatevi prendere dalla curiosità. Quando solleverete il coperchio e toglierete la carta paglia, il polpo sarà diventato come un crisantemo rossastro'. Dio, poesia pura».

«Difficile però».

«Difficilissimo, sì, ma ci era venuto bene».

«Difficile, difficile».

«E nemmeno mi piaceva tanto. Troppo pomodoro. Però quella storia di doverlo coprire e non guardare mai era il massimo, una specie di scommessa, un tesoro da scoprire, boh, e tu che mi stavi dietro! Tu sei stata veramente tutto, Irma, lo sai».

La donna non parlò. Tenne gli occhi bassi sul pavimento su cui tracciava delle linee immaginarie con la scarpa. Lorenzo restò fermo sulla pentola, poi spense il fuoco. Prese un grande canovaccio e lo distese sul tavolo, sollevò la pentola e la poggiò sul canovaccio, prese gli angoli del panno e li tirò su fino a coprire il coperchio e li strinse in un nodo, fece altrettanto con gli altri angoli, poi prese un altro canovaccio e lo poggiò sul coperchio stendendolo fino a rincalzarlo sotto la pentola. Distese bene i lati sulla pentola e guardò la donna.

«Evviva il nostro trucco, Irma» disse. «Come potremmo cucinare il polpo diversamente?»

La donna rise. «Ah Lorenzo, Lorenzo, Lorenzino mio» fece, e si alzò poggiandosi sul tavolo.

Lui le girò un braccio attorno alle spalle.

«Tu mangi con noi, Irma. Non mi dire di no. Mangi con noi».

Si affacciò in giardino. Vide il tavolo apparecchiato, passò una mano lungo la tovaglia poi andò verso di loro che sedevano sulle sdraio. «Tra poco è pronto» disse. Carolina domandò se serviva qualcosa. Martina lo guardò in silenzio. «Il tavolo è bellissimo» fece lui, e ci girò intorno, guardando le posate che scintillavano sotto le luci del giardino. Rientrò in casa, fece due passi come in punta di piedi verso la stanza e si poggiò contro lo stipite della porta, poi avanzò nel buio. Dopo un attimo si abituò alla penombra e si sedette al tavolino dove erano ancora poggiate le carte come le aveva lasciate lui. Aprì l'agendina. C'erano segnate le partite che l'Italia avrebbe giocato ai mondiali, a matita, l'orario e il canale televisivo, anche le partite del Camerun e della Nigeria. Tutti gli appuntamenti futuri. Richiuse l'agendina e portò le mani contro gli occhi. La carbonara di pesce spada, papà, la tua carbonara, papà. Perché non hai aspettato un po'? Credi che io non sia capace? Credi che non possa cambiare? Non è sempre la stessa storia, non si è costretti da nulla, cazzo. Alzò la testa e lo guardò. Quando dormiva supino, di pomeriggio, tenendo la luce accesa sull'altro comodino. Il giornale aperto sul fianco. Si tirò su, sospirò, gli andò vicino, passò una mano sulle sue mani dure e fredde. Sto qua, papà. Sto qua, ripeté. Abbassò la testa e chiuse gli occhi, strinse i pugni, uscì dalla stanza. Entrò nella camera a fianco e andò dritto in bagno, aprì l'acqua e si bagnò il viso, se lo bagnò di nuovo, un'altra volta ancora. Sulla finestra aperta la tendina svolazzava. La spostò aprendola completamente. Fuori c'era un odore forte di campi e di erba. Si sentiva il vento frusciare fra le canne dal fondo della valle. Erano le canne, sicuro. Respirò, uscì dalla stanza e tornò in cucina. «Mezzora è passata» disse a bassa voce. «Apro. Tra poco buttiamo la pasta». Irma non rispose. Lui sfilò il canovaccio superiore e slacciò l'altro, poi sollevò il coperchio e infilò una forchetta all'attaccatura del tentacolo. «Perfetto» disse. «Morbidissimo. Lo taglio. Scaldiamo il pane». La donna si chinò sul forno e lo accese. Guardò Lorenzo mentre scolava il polpo. Senza dir nulla poggiò il contenitore di ceramica sul tavolo. Lo scoperchiò e sentì l'odore dell'aglio e dell'olio. Tornò sui fornelli e salò l'acqua della pasta alzando la fiamma.

Il telefono squillava. Il suono echeggiava nel salotto, un trillo metallico, antico. «Dio» disse lui. Si affrettò fuori dalla cucina e gridò: «Vado, vado io». Sull'uscio c'era Martina in piedi, una silhouette illuminata contro il verde indistinto della siepe. Prese in mano la cornetta del telefono grigio e disse: «Pronto» con una voce affannata. «Mamma» disse poi. Martina entrò dentro a grandi passi. Gli fu vicina mentre lui raccontava quel che stava cucinando e come avesse sperato che lei potesse tornare, quella sera. Disse che aveva capito e che lo zio gli aveva spiegato e che, comunque, se ci ripensava, poteva ancora venire, loro avrebbero mangiato fra poco. Poi Martina afferrò la cornetta spostando dalla fronte i capelli arruffati e si sedette sul divano. Lorenzo rientrò in cucina e tornò sul lavello. Con una mossa regolare, quasi fosse un movimento meccanico, tolse il dente nero che si nascondeva al centro della raggiera da cui partivano i tentacoli. Lo fece accostando i due pollici come per spremere un enorme brufolo. Poi dispose i polpi su un grande tagliere e li tagliò in pezzi irregolari, e quando finì spinse tutto dentro la salsa di olio, limone, prezzemolo e aglio, girò con cura, premette col cucchiaio perché i pezzi si unissero nel minor spazio possibile finché non fossero coperti da una leggera patina di olio. «Va bene l'aglio, no?»

Irma fece segno di sì.
«Ho sempre paura di esagerare».

Lei continuò ad armeggiare sui fornelli.
«Anche papà odiava il telefono. Sarà ereditario?»
La donna alzò le spalle mentre girava con forza la pasta nella grande pentola di alluminio. Spostò sul tavolo la bacinella zeppa di uova sbattute e ci spinse dentro parmigiano e pecorino. Tritò un filo di pepe. Lui la seguiva. Aveva messo da parte la ciotola coperta e ora guardava le mani grosse che si muovevano con una delicatezza estrema, le dita che sfioravano l'angolo della pepiera, i polpastrelli che scivolavano lungo il forchettone di legno e le mosse veloci, quasi sincronizzate. Come all'improvviso, la padella comparve sui fornelli con il pesce già fatto, intanto una tazza scivolò sul bordo dei fornelli, pulita, vuota, forse ci avrebbe messo un po' d'acqua della pasta.
«Papà cucinava insieme a te, all'inizio, quando eravamo bambini?»
«Certe volte, certe cose, ma proprio insieme mai».
«La panzanella».
«Mai, per carità, la panzanella mai».
«E staccava il telefono mentre era in cucina, vero?»
«Certo. Se suonava non riusciva a non rispondere e se cercava di non rispondere poi era di malumore. Lo riattaccava appena pronto in tavola».
«E magari poi non mangiava».
«Mangiava tutto dopo. Freddo».
«Ecco, sì, freddo».
«E glielo dicevo, io, che così non era giusto».
«E lui niente».
«Glielo dicevo, io».
«Poi col cellulare, figuriamoci».

«Ah, ma il cellulare lo spegneva. All'inizio diceva che andava spento, che tutti dovevano spegnerlo».

«Certo. A tavola. Tutti dovevano. E nessuno lo faceva».

«Però aveva ragione».

«Forse, forse sì. A tavola si sta a tavola, si sta insieme. A tavola si sta insieme».

«E invece lo chiamavano tutti all'ora di pranzo o di cena».

«Certo. Per fargliela pagare».

La donna si passò le mani sul grembiule, assaggiò uno spaghetto, lasciò correre dell'acqua calda, riempì la tazza con l'acqua della pasta e la poggiò lì di fianco.

«Dovevano fargliela pagare, in qualche modo» ripeté lui.

Lei accese il fuoco sotto la pentola del pesce e lo calibrò sul minimo.

«Di' a tutti che fra cinque minuti si mangia» fece, alzando il forchettone di legno.

Lui si scosse e andò di là senza rispondere, poi quando fu sull'uscio disse: «A tavola, a tavola» e tornò indietro. Ricomparve portando una bottiglia di vino bianco ghiacciato, il vetro era opaco e il freddo si scioglieva in minuscole gocce. «La apri tu?» disse a Pietro passandogli il cavatappi. Martina andò in cucina a prendere il carrello e il pane. Carolina era in piedi davanti a una sedia e guardava il tavolo. Lui le passò vicino e le sfiorò le braccia, da dietro. «Grazie di essere qui» disse sottovoce. Lei non si mosse. Si sentì lo schiocco del tappo che veniva fuori dalla bottiglia, Emilia si mise a sedere, dalla porta uscì Irma con la ciotola di ceramica fra le braccia. La poggiò in mezzo al tavolo e con due lunghe posate cominciò a distribuirla. L'odore del pesce era come una nuvola che saliva dalle striature giallastre dell'uovo che la donna depositava su ogni piatto, andando a cercare il sugo dal fondo. Si era tolta il grembiule e non guardava nessuno.

«La carbonara di pesce spada» fece Martina sovrappensiero, e Emilia la carezzò. Nessuno disse nulla. Si sentiva il rumore dei piatti e delle posate, finché Lorenzo non si spostò verso Irma, le tolse la ciotola di pasta mettendola sul carrello, riassestò il suo piatto e la servì. «Ecco» fece, accompagnandola sulla sedia. Prese il bicchiere e, sempre vicino a Irma, lo alzò. «Grazie» disse. «Grazie Irma. Brindiamo a papà». Alzò il bicchiere e guardò per un attimo nel buio, poi lo fece tintinnare contro il bicchiere di Irma e contro quello di tutti gli altri. «Grazie Irma» disse ancora, e andò a sedersi. La donna teneva gli occhi sul piatto. Lorenzo arrotolò la forchetta dentro gli spaghetti che colavano odore di pesce e di uova e di formaggio. Chiuse gli occhi e masticò. Prese il bicchiere, strinse il pugno, bevve d'un fiato. «Buon appetito» disse, «Irma, è magnifica, veramente magnifica». Tutti si complimentavano e lei non si guardava intorno, fissa sul piatto, teneva la forchetta in mano con il braccio teso, esitava a mangiare, restava in una posizione innaturale, dritta sulla schiena, come se fosse scomoda, sulle sedie da giardino bianche.

Per qualche minuto mangiarono in silenzio, poi Pietro cominciò a raccontare di un giorno, lì, una delle prime volte che era rimasto da loro, una cena, era autunno, lui sarebbe dovuto tornare a casa, erano gli inizi all'università, stavano studiando parecchio.

«E papà ha detto che dovevate smettere, eh?» fece Martina. «Una storia che conosco bene. 'Smettete, basta studiare, adesso si cena'».

«Sì sì» fece Pietro, «ma non era solo una cena».

«Perché? Non ha cucinato per un esercito? 'Adesso cena, adesso cena, si sta insieme, si sta in tavola'. C'era roba per sfamare un paese, vero?»

«Martina?» Lorenzo la guardava.

«Be', cucinava per un esercito, no?»

«No, ma quella sera fu diverso». Pietro bevve un goccio di vino. «C'era prosciutto, lonza, formaggi, pane, tutta roba di questo genere, tutto in cucina. Irma, tu non c'eri, eravamo soli, io poi non lo sapevo nemmeno, forse non ti conoscevo, era una delle prime volte qui. E comunque ci mettiamo a smangiucchiare e bere un vino rosso buonissimo, beviamo e beviamo eppoi lui dice che bisogna muoversi, che per studiare bisogna muoversi. E così ci porta in paese e da lì prendiamo una stradina buia, ma ti ricordi Lorenzo? »

Lorenzo rideva.

« Andiamo lungo questa stradina e ci dice che lì, a un certo punto, si può vedere tutto quel che succede nella casa davanti. Che ci sono due tipi che non smettono mai di accoppiarsi. I racconti, dio mio, mi ricordo tutto. Secondo lui, si erano conosciuti da poco, altrimenti non potevano, sarebbe stato impossibile. La vetrata, il salotto, le scale. Tutto ci descrive. Due tipi bruttissimi, mostruosi, come fanno a desiderarsi così? 'Il simile va col simile', ripete. 'Il simile va col simile'. E noi lo seguiamo lungo il sentierino e lui ci dice ogni cosa, descrizioni minuziose, sbuffa e ridacchia. Be', poi arriviamo lì e non si vedeva nulla, in realtà. La vetrata era buia, il salotto era tutto spento. Eravamo delusi, stavamo per andarcene. E tu Lorenzo eri convinto che si fosse inventato tutto. Ti ricordi? Poi a un certo punto si accende una luce nella finestrella del bagno e eccoli lì, nudi, orribili, e lui quasi cascava per terra, e io anche, mi sembrava impossibile, non riuscivo a smettere di ridere e non riuscivo a guardare, a seguire la scena, il panzone enorme, dio mio, Lorenzo tu eri sconvolto, non potevi crederci che Leonardo avesse ragione, che fosse vero quel che aveva raccontato. Siamo stati lì pochi minuti, ma quanto ho riso, dio mio, quanto abbiamo riso, a crepapelle. Leonardo diceva mille cose sottovoce e ripeteva che bisognava stare zitti, non muoversi, sennò arrivavano e capivano che eravamo lì e magari lui tirava fuori il fucile, io non so, io avevo bevuto, forse, ma davvero quanto ridevamo, una cosa da morire, lacrime agli occhi, lacrime a fiumi. Poi siamo tornati qua e ci siamo rimessi a mangiare e bere e dopo dovevamo studiare, ma cosa potevamo studiare? E così, siamo andati a dormire, nella stanzetta, e abbiamo dormito fino a tardissimo e la mattina c'erano i cornetti sul tavolo, un sole da impazzire e abbiamo studiato qui, in giardino, che studiavamo? È stata una giornata eccezionale, eccezionale, davvero, non posso pensarci, mi sembrava il paradiso».

Pietro bevve ancora scuotendo la testa, aveva smesso di sorridere e ora guardava nel piatto.

«Ma poi fumavamo, eh?» disse Lorenzo. «Erano anni in cui fumavamo, mica si scherzava».

«E certo» fece lui.

«Fumavamo come pazzi, esami su esami a fumare, e non ci faceva mica male».

«Macché male».

Martina rideva.

«E noi?» fece Emilia.

«Esami su esami» disse Lorenzo alzando la forchetta. «Quella sera anche, no? In camera».

«Mi sa di sì, mi sa proprio di sì».

«Certo che sì, in camera, con la finestra aperta, a ridere».

«Ma lui lo sapeva?»

«Lui faceva finta di non saperlo» disse Martina.

«Faceva finta fino a un certo punto».

«Faceva finta, non diceva nulla, lasciava tutto a mamma, no?»

«Be', poi ci rideva. Io l'ho conosciuto che ci rideva» fece Carolina con la voce lieve.

«Certo, fumava anche lui» disse Martina.

«Veramente?» domandò Carolina.

«Se avesse solo fumato» disse Martina.

«Come?» fece Carolina.

Lorenzo guardò Martina e lei scosse il capo: «Se fosse stato solo quello».

«Be', ma adesso, per favore» disse Lorenzo, e alzò una mano. Emilia lo guardò, anche Carolina lo guardò. Irma fece un movimento sulla sedia. Prese la ciotola e la passò sul tavolo. Pietro prese altra pasta. Anche Emilia. Bevvero ancora. Irma si alzò a portar via i piatti e Martina andò con lei. Quando ricomparvero, a tavola si rideva di qualcosa e Lorenzo si alzò andando loro incontro. «Prendo io il polpo» disse. Mentre lo riportava a tavola, il telefono suonò. Posò la cuccuma invitandoli a servirsi. «Torno subito» disse.

Quando tornò, avevano lasciato del polpo per lui, gli fecero i complimenti e lui ringraziò mentre si sedeva e assaggiava. Dissero che gliene avevano lasciato proprio a forza e lui fece un gesto per ringraziare ancora, ma poi mormorò che l'avrebbe mangiato l'indomani, il polpo diventava anche più buono, col limone si faceva via via che passava il tempo, adesso non ne aveva più voglia. Irma allora si alzò, chiese se qualcuno voleva del caffè e tornò con dei biscotti e un vassoio con bicchierini di vetro e bottiglie di Fernet, whisky, limoncello e grappa. Non si sedette e tornò in cucina. Pietro e Lorenzo si riempirono i bicchierini e si dissero qualcosa. Carolina parlava con Emilia e Martina si tirò su. Fece per stirarsi, prese una sdraio e si sedette accanto a Emilia e Carolina.

«Mi riaccompagni tu?» domandò a Emilia.

«Non resti qui?» le domandò l'amica.

«No, credo di no. Preferisco dormire a Roma. Eppoi è tardi, sono stanca».

«Quando vuoi» disse Emilia.

Carolina rimase in silenzio.

Quando Martina si alzò in piedi, Lorenzo la vide che guardava Carolina e fece un gesto a Pietro. Si alzò e andò dalla sorella. Entrarono in salotto. Nella penombra le voci fuori sembravano lontanissime e si sentiva ciabattare in cucina, quasi fosse un'altra epoca.

«Che succede?» domandò lei.

«Siamo qui».
«Che succederà?»
«Cosa vuoi sapere, Martina?»
Lei abbassò la testa, si mosse verso il tavolinetto d'angolo e si poggiò.
«Io tra poco vado» gli disse. «Dormo a casa, ci vediamo qui, domattina presto, va bene?»
«D'accordo».
«Carolina torna con Pietro?»
«Non ti preoccupare, è venuta da sola, sa guidare».
Martina sbuffò.
«Ma perché?» fece lui.
«Non lo so, scusami, Lorenzo, non ce la faccio».
Chiuse gli occhi e strinse i pugni, poi gli si avvicinò e gli si buttò contro il petto.
«Martina», la carezzò.
«No, Lorenzo, no. Hai capito?» disse lei dandogli dei pugni leggeri sul petto, poi lo abbracciò.
«Stai tranquilla, Martina. È difficile, è difficilissimo. Ma noi siamo forti, siamo molto forti, no?»
«Io no».
«Anche tu».
«No, io no».
«Siamo tutti forti».
«Mi sembra impossibile».
«Neanch'io capisco granché, Martina, ma non si può capirlo, non si deve».
«Non fare lo stupido, per favore».
«Che dici?»
«Non fare lo stupido, mi capisci benissimo».
«Stai tranquilla, Martina».
«Non fare lo stupido».
«Guardami» disse Lorenzo.
«No, no, no. Sei come lui, tu».

«Martina» mormorò, «Martina». Le prese il viso tra le mani e la guardò, poi con i pollici tirò via le lacrime.

«Andiamo da papà, andiamo da papà, ok?»

Aprì la porta della stanza e per un attimo gli parve di sentire l'odore dell'autunno.

La donna era in piedi e sorrideva, continuava a passarsi le mani sul grembiule e guardava sul tavolo e sul lavello come se dovesse spostare qualcosa da lì al più presto. Loro la ringraziavano e Emilia le chiese se potevano rivedersi presto, le sarebbe piaciuto farle conoscere suo marito, far conoscere a lui la sua cucina.

«Intanto vi vedrete domani» disse Martina in un sospiro.

Irma e Emilia si abbracciarono e mentre la ragazza si allontanava, Martina si accostò alla donna e chiuse gli occhi e cercò di stringerla.

«Mi sembra quando eravamo piccoli, Irma» mormorò. «Tu eri sempre qui, tu c'eri sempre».

Irma non disse nulla e guardò fisso in terra mentre la ragazza si distaccava dall'abbraccio e diceva: «Ci vediamo domani».

«Cerca di dormire» le disse all'improvviso la donna. «Sei sicura che non vuoi restare qui?»

Martina fece segno di no, le tenne ancora una mano, poi ripeté: «Vado, vado», uscì dalla cucina e toccò l'amica sulla spalla. «Arrivo». Quasi di corsa entrò nella stanza e penetrò nel bagno, vide tutto ordinato, ma riconobbe le bustine su un fianco, si guardò nello specchio, aveva occhiaie nere tra le lentiggini. Contò le gocce. Fuori la valle era buia e il quadernetto delle ricette era aperto sul letto. Uscì in fretta. Vorrei che questa casa non fosse mai stata costruita, disse fra sé mentre Emilia l'aspettava sulla portafinestra.

*

«Meglio che io vada» disse Carolina, appena Lorenzo tornò dal vialetto.

«Sei stanca?» le chiese lui.

Non rispose.

«Se resti ancora, mi fa piacere».

Il viso bianco, teso, dai lineamenti appuntiti era oscurato da un'ombra.

«Preferisco andare, Lorenzo. Mi accompagni? Pietro resta qui un altro po', io vado, è tardi».

Lui si appoggiò sulla spalliera della sedia bianca, prese il bicchierino e lo riempì di Fernet e diede un sorso.

«Andiamo» fece.

Carolina si alzò e abbracciò Pietro che fumava sulla sdraio. Fece due passi verso Lorenzo e si avviarono lungo il muro della casa. C'erano le piccole lampade antiche accese e il cancelletto era illuminato da un fascio di luce e sembrava che ballonzolasse come scrostato. Lo spostò aprendolo bene e cercò di fissarlo con il gancio di fil di ferro. «Prima o poi dovrò metterlo a posto» disse.

«È una storia che ripetete sempre».

«Come?»

«Sì, tu e Leonardo» disse quasi sottovoce, poi tirò dritto verso la macchina nel piazzaletto terroso. Lorenzo la seguì.

«Non so come dirti, Carolina. Non so parlarti».

«Non devi, non devi ora».

«Vorrei spiegarti, farti capire. Vorrei dirti che oggi tu, non lo so».

«Non devi dire nulla Lorenzo».

«Ma forse non capisci cosa significa questo, tu qui, tutto», le posò una mano sulla spalla sottile.

Carolina fece scattare le sicure della macchina, le frecce s'illuminarono e si sentì il rumore, ma si fermò.

«Per favore, Lorenzo» disse mentre lui accostava la testa al suo collo.

Lo tenne per la nuca, lui rimase immobile.

«Per favore, cerca di capirmi».

«Capire cosa?»

«Domani non ci sarò».

Lui si staccò da lei e la guardò.

«Non posso, non voglio, mi capisci?»

«Come?»

«Ci sarà Sara e io preferisco di no».

«Certo, non vuoi, ma per favore».

«Non posso proprio, proprio non voglio».

«No».

«Non me la sento».

«Non te la senti».

«Per favore, cerca di capirmi».

Si avvicinò al suo collo senza guardarla e la baciò, tenne le labbra premute contro la pelle leggera e bianca, sentì il sapore di pelle d'estate, un'idea del mare e del sole. La baciò ancora. Carolina lo strinse forte eppoi con le due mani sul petto lo spostò da sé.

«Vado, adesso. Grazie Lorenzo».

«Come grazie?» fece lui.

Lei scosse il capo, entrò in macchina e il vestito scese lungo il ginocchio affilato mentre inseriva la chiave e, senza chiudere ancora lo sportello, mise in moto. Lo guardò e lui si sentì mancare, lei chiuse gli occhi, tenne il volante fra le mani e accostò il capo al volante, poi si staccò tutta in fretta, con un movimento violento.

«Non credo di poter venire, domani, davvero, mi spiace».

Lo salutò e lui chiuse lo sportello.

La vide far manovra sul brecciolino. La polvere si alzava ai lati delle ruote e nella luce dei fari sembrava una nuvola. Si fece subito buio e lui si voltò verso il cancelletto. Sentì il motore allontanarsi. Poi il silenzio e i grilli che cantavano nella valle.

«Dio mio, sono stravolto».

Sulla sdraio, guardò il tavolo vuoto e le luci del vialetto e il cono di luce davanti alla portafinestra e gli insetti che roteavano dentro impazziti. Si voltò verso l'amico.

«Vuoi fumare?» gli domandò Pietro.

«Non lo so» rise, «fumare? Non lo so proprio. Basta, voglio solo dormire».

«Vado allora».

«No, stai qui, per favore, no. Scherzavo, scherzavo. Fumiamo dai».

Pietro fece una smorfia.

«Sono stanco, ma non ho voglia di andare, stai qui un altro po', solo poco, grazie».

Pietro tirò fuori da una tasca un pacchettino di carta argentata grosso come un dado. Lo aprì e lo posò sui jeans all'altezza dell'inguine, distese una cartina dall'altra parte e estrasse dal pacchetto di sigarette un angolo di cartone che ammorbidì fra i denti tirandolo forte eppoi arrotolò più volte su se stesso. Accese la fiamma e la passò sotto il pezzettino marrone e lo fece sbriciolare nell'incavo della mano.

«Non ho più forze» disse Lorenzo.

«Devi riposarti».

«Non riesco a seguire tutto. Martina, Sara, mamma, Ludovica. Non riesco a seguire tutto».

«Ma non devi, tu, Lorenzo».

Pietro mise da parte l'accendino e spinse con l'indice sul tabacco per mescolarlo.

«Non puoi occuparti di tutto. Pensa a te».

«Penso a me, sì».

«Devi farlo, è necessario».

«Dimmi una cosa: l'hai sentito Marco?»
«Come?»
«Hai parlato con Marco? Lo ha saputo?»
«Marco, certo. Gli ho mandato un messaggio. Non rispondeva, prima, forse è fuori».
«Pensi che verrà?»
«Cosa?»
«Pensi che verrà, domani? Gli hai detto tutto? Gli hai spiegato dov'è?»
«Sì, gli ho spiegato ogni cosa».
«Tu, Pietro, credi che sia una scusa, adesso, questa?»
L'amico lo guardò.
«Tu pensi che io voglia approfittare?»
«Ma cosa dici?»
«Credi che Marco possa venire domani?»
«Non lo so, davvero, non lo so».
Lorenzo si spostò sulla sdraio, alzò i braccioli e li tese per cambiare la posizione dello schienale, poi si abbandonò più in giù e alzò gli occhi verso il cielo.
«Aspetta» disse.
Si alzò di scatto, spense alcune luci del giardino e il cielo si fece buio e le stelle punteggiarono il nero e solo dalle finestre della cucina e delle stanze di servizio sfilava via della luce verso le siepi del giardino. Dopo poco, tutto sembrò più chiaro, ma il cielo era diventato pesante e il canto dei grilli era come un respiro che premeva da qualche parte, quasi che una barriera da un momento all'altro potesse venir giù.
«Oggi l'avrei voluto qui. Mi manca» disse Lorenzo. «Mi mancano le sue cose, tutte le sue cose, la leggerezza e le battute e l'affetto. E adesso, anche adesso, mi farebbe piacere averlo qui. Mi sento, tu non sai come mi sento».
Pietro fece girare il filtro tra le dita soffiando sull'estremità accesa, passò la fiamma intorno agli orli, poi fece un ge-

sto e la diede a Lorenzo. Lui accese e inspirò forte. La brace rischiarò tutto intorno per un attimo.

«Mi sembra che papà fosse rimasto troppo male per quel che avevo fatto. Mi manca Marco, forse mi sentirei più tranquillo, ora. La sua allegria, dio mio. Chissà come sarebbe ora».

«Non si può dimenticare tutto insieme, però, lo capisci?»

«Sì, assolutamente».

«Non si può dimenticare tutto».

«Certo, non pretendo che si dimentichi. Se Marco non viene ha tutte le sue ragioni, se non mi vuole vedere, anche. Ma adesso dico solo che mi manca, mi manca e basta, mi manca da morire. In questi momenti capisci altre cose e io ora sento questo, non so come spiegarlo».

«Non devi spiegarlo» disse l'amico mentre Lorenzo gli passava di nuovo da fumare.

Quando rientrò in casa, gli parve che la luce fosse più giallastra e ogni cosa avesse una consistenza diversa. Sentì la macchina di Pietro voltare lungo la curva che girava dietro la collinetta e gli venne da ridere. In casa c'era silenzio. In cucina era buio. Si avviò sul corridoio. Vide sotto la porta di servizio la luce filtrare. Si avvicinò alla stanza. «Irma» disse sottovoce. «Irma». Si sentì un fruscio e la porta si aprì dopo poco. La donna era ancora vestita e attraverso la porta uscì odore di sapone e di aria fresca. «Volevo ringraziarti». La donna alzò le mani poi le lasciò ricadere e si appoggiò allo stipite della porta e non disse nulla. «Non so come ringraziarti». L'abbracciò. La donna gli strinse le braccia intorno e lui si sentì bambino e cominciò a singhiozzare.

Entrò in bagno, si cambiò velocemente, vide la boccetta aperta accanto al lavello e rimase fermo un attimo. La prese, la osservò contro luce e si lasciò cadere sette gocce sotto la lingua. Prese lo spazzolino e lo poggiò di nuovo. Bevve. In camera tirò fuori il telefono dal cassetto e lo accese, poi rientrò in bagno e cominciò a lavarsi i denti mentre sentiva il suono che lo avvertiva di messaggi in arrivo. C'era sempre un po' di vento che gonfiava le tende e dal bagno osservava il telefono illuminarsi, lo schermo che recapitava nuovi sms. Si lavò la faccia, spense le luci e si sedette sul bordo del letto e fece scorrere i messaggi sul piccolo schermo. Controllò le telefonate perse, le ore, poi vide i mittenti, i nomi, scese giù, i numeri telefonici, fino a Marco. Restò fermo, guardò ancora. Lesse bene il nome: Marco. Poi in una mossa veloce, premette sul tasto e aprì. Lesse più volte, andò avanti e indietro, avanti e indietro, daccapo e fino alla fine. Poi fece un sospiro e si alzò. Uscì dalla stanza in punta di piedi. Chi credi di svegliare? disse. Non c'è più nessuno da svegliare. Attraversò il salotto, raccolse una rivista e si fermò sull'uscio, spense l'ultima luce del giardino. Era tutto nero e solo l'ombra chiara che si allungava dalla porta sotto i suoi piedi apriva un varco sul prato e s'intravedeva la siepe. Il resto era notte e le stelle e i grilli ancora e qualche rumore tra le piante e il frusciare del vento nella valle. Fece scorrere il vetro e lasciò scattare la serratura, alzò il braccio e diede uno scossone alla tenda che coprì in parte il vetro, si voltò e tornò verso la cucina. Dal frigo tirò fuori la vecchia bottiglia del latte piena di acqua fredda e la portò in camera poggiandola accanto al letto. Fece quattro passi di nuovo in punta di piedi verso la stanza, si fermò davanti alla porta e cercò di concentrarsi per ricordare quando, da bambino, la domenica mattina si fermava lì a sentire il rumore regolare del respiro di suo padre che dormiva.

Vento

È un tappeto di fiori di jacaranda. Sull'erba tagliata da poco, sembra un manto azzurro violaceo ma lui continua a toccarsi il viso e chiedersi cosa gli sia successo. «Uno specchio» mormora a Martina con un filo di voce. «Che ho? Che ho?» Il vento passa leggero sul prato e Martina è al telefono, non lo ascolta e i fiori di jacaranda continuano a cadere a fiotti giù dagli alberi altissimi e sembra quasi che nevichi. Una marea di fiori scende nell'aria calda e una specie di tappeto ricopre lentamente il prato. Dev'essere ancora l'Alcazar, certo, Siviglia, dev'essere lì, il giardino dell'Alcazar, e guardiani che vengano a dirti che è vietato stendersi non ce ne sono e lui resta sdraiato e quasi dorme e nel dormiveglia sente la voce di Martina che racconta qualcosa e dice parole gentili. Fa perno su un gomito come per tirarsi su, ma la stanchezza prevale e continua a toccarsi il viso con disgusto.

Era un sogno? Si muove in uno scatto cercando di alzarsi. Sente le guance come piagate da un'acne devastante, brufoli rossi pieni di infezione che gli hanno deturpato la pelle fino agli zigomi e si volta verso Sara e le chiede se può passargli una crema, almeno una crema, ma lei si sta vestendo e lo guarda senza rispondere. Sorride con le braccia piegate sulla nuca mentre raccoglie i capelli lunghi pettinati con cura. Dietro di lei, la tenda bianca è gonfia di vento e l'odore sembra quello che veniva dalla cucina di sua nonna la mattina in cui si preparava il bollito.

«Dove vai?»

«Esco».

«Esci».

«Vado a fare la spesa».

«Ma non serve».

«Serve sì. Devo andare».

Sara si muove senza dire nient'altro e si sposta verso un corridoio pieno di luce e lui cerca di gridarle ancora di non andare e di fermarsi ma mormora soltanto: «Mi ascolti? Mi ascolti?»

Sembra improvvisamente che quella non sia la casa dove hanno sempre vissuto insieme e lei per un attimo gli ricorda sua madre. Non riesce a muoversi e si tocca le guance. Prende qualcosa dal comodino accanto al letto e prova a tirarlo lontano. In uno sforzo violento riesce a imboccare il corridoio e quando si trova nel salotto d'ingresso la tenda rossa è socchiusa sulla finestra e fuori sta piovendo.

«Non capisco».

«Ma non c'è niente da capire, Lorenzo».

«No, non capisco, non capisco».

«Ti amo, lo vedi? Ti amo».

«Ma che dici? Così lo dici? Con questa freddezza».

Lo guarda con un'espressione tranquilla.

«Non andare».

«Perché?»

«Non andare» grida.

«Lorenzo, sto uscendo».

«Allora non hai capito».

«Cosa?»

«Non hai capito».

«Che dici? Non sento».

Si gira la sciarpa intorno al collo e si chiude in una giacca autunnale. Ha i suoi capelli lunghi bellissimi che scintillano di riflessi metallici e improvvisamente è come se fosse un'altra persona.

«Davvero non capisci».

«Che dici?» Sara prende di slancio la via della porta.

Lui prova a seguirla e con le braccia cerca il pavimento.

«Non andare, non andare».

Fuori è tutto bianco e sembra ci sia la sabbia, come se fosse arrivata la sabbia del deserto e non c'è più marciapiede e il cielo è bianco e sembra un immenso campo che si estende fino all'orizzonte e non ci sono rumori, tutto è attutito e lei ha lo sguardo altrove e sorride e tira dritto e non si volta.

«Perché? Perché?» Lorenzo grida. «Perché?» piange, batte i pugni sull'uscio e gli sembra che una nuvola azzurrina attraversi l'aria. «Non ascolti, non ascolti, perché?» piange, batte i pugni, piange. «Non voglio questo, io, non capisci? Non capisci?» singhiozza e quasi non riesce a respirare, è un bambino che non riesce più a respirare, piange, singhiozza, cerca le gambe che non sente più, prova a strisciare ancora sul parquet e vorrebbe urlare e lei ormai è scomparsa nel bianco e lui batte i pugni sul pavimento e guarda lo zoccolo di marmo dell'uscio dove è arrivato cercando di fermarla.

Si svegliò lanciando un grido e lei allungò un braccio e lo carezzò. Sentì la mano calda e nella penombra della stanza bianca cercò di stropicciarsi gli occhi e individuare i contorni delle cose. Aveva pianto, sentì le lacrime sulle guance e aprì le mani strette in una morsa e vide sul muro davanti a sé la mensola con i libri tedeschi e un quadretto attaccato di fianco, sbilenco, in cui era ritratto un lungo golfo deserto e in primo piano un'agave verde chiara. Nell'angolo, il piano cucina con i fornelli elettrici e la finestrella quadrata coperta dal telo che svolazzava. C'era ancora vento, lo capì subito. Molto vento, a giudicare dal fischio e dal movimento della porta che tremava. La luce che filtrava sotto la porta adesso rischiarava la stanza. Guardò la linea del corpo di Sara accucciato di fianco, i capelli sparsi sul cuscino e il respiro profondo, la carezzò e le rimase vicino per qualche minuto cercando di riprendere sonno. Tenne gli occhi chiusi solo per qualche istante, poi li riaprì, con la mano seguì il profilo del suo corpo, dal fianco risalendo lungo l'anca e discendendo di nuovo sulla gamba scoperta. Tirò il lenzuolo verso di sé e la ricoprì, si mise supino, richiuse gli occhi, ma non aveva più sonno, allora si mosse verso il bordo del letto e scese facendo attenzione a non provocare rumori. In punta di piedi si avviò verso il bagno.

Aprì la porta e il vento sibilò dentro la stanza tutto insieme come se un argine si fosse rotto. Spingendo forte chiuse la porta e il rumore del vento cessò dentro il bagno allagato di luce. Accostò la finestra. Fuori, sul muro bianco della casetta di fronte, il sole era accecante. Si lavò la faccia, più volte fece passare l'acqua sul viso, poi si asciugò e si voltò. Poggiandosi contro il legno blu della finestra restò a guardare oltre la stradina sterrata. Si sentivano i rumori dell'orto, qualcuno zappettava, assestava la terra, lavorava mugugnando parole fra sé. Ma non si vedeva nessun movimento. I panni stesi sul cordino svolazzavano, il cielo era blu e l'aria, al sole, doveva essere molto calda, un caldo soffocante attenuato dal vento freddo. Si sciacquò di nuovo, controllò che la finestra fosse ben chiusa, e uscì. Nel buio della stanza si mosse a tentoni. Aspettò che gli occhi si abituassero di nuovo, s'infilò una maglietta e un paio di calzoni di tela, prese in mano i sandali e sempre in punta di piedi si avviò verso la porta. Sulla veranda il vento aveva spazzato via i giornali e le magliette appese sul cordoncino sotto la buganvillea si erano girate più volte intorno a se stesse. Le guardò e tastò la consistenza del cotone, c'era odore di bucato, sapone fresco. Scese le scalette, si mise i sandali e attraversò il giardino.

*

«Buongiorno» disse il vecchio alzando un po' la testa. Il terrazzo era vuoto. «Buongiorno» rispose mentre si sedeva a un tavolo accanto alla balaustra di legno dipinta di blu. Il sole filtrava attraverso la pergola in spicchi irregolari sui tavoli centrali, ma lungo il muro della casa e sull'estremità opposta il cannucciato creava zone d'ombra quasi perfette. Guardò il vecchio e gli sorrise e quello fece ancora un cenno del capo. Sul ciottolato che scendeva sotto la balaustra, donne comparvero portando ceste e due bambini si rincorsero prima di scomparire nel vicoletto che s'infilava sotto la casa di pietra. Il muro bianco della taverna era inondato di sole e il bianco era leggero e morbido e sembrava che ci si potesse affondare un dito dentro. Si poggiò sulle mani che teneva aperte contro le tempie finché non sentì i passi veloci sul pavimento della casa. Chiusa in un fazzoletto nero che le scopriva solo un ciuffo di capelli bianchi, la moglie del vecchio distese sul tavolo una tovaglia di carta e poggiò il pane e un bicchier d'acqua assieme al cestino metallico con sale, pepe e i piccoli fazzoletti piegati in un triangolo. La guardò ringraziando e lei fece due risatine e gli prese il viso fra le mani ruvide, lo scosse, e lo fissò con uno sguardo scintillante, poi scomparve senza parlare come sempre. Il vecchio restava immobile, la camicia a scacchi rammendata mille volte scopriva una maglia bianca, tra i bottoni allargati sulla pancia. Sul muro, accanto alla porta d'ingresso, c'era un cuore rosso inciso profondamente nella calce, il rosso brillava di un colore acceso e un po' più in alto un cartello di legno antico tremava nel vento. In caratteri sbiaditi era scritto: *Pension Kifinas. Proprietor: Antonios Gavros Sr.*

Il vecchio accese la radiolina che cominciò a gracchiare e dalla porta sbucò una ragazza con un vassoio. La vide avvicinarsi e guardò il vecchio che ne seguiva l'andatura, da dietro. Quando fu accanto a Lorenzo, gli fece un gesto abbassando il capo eppoi depose sul tavolo un piattino con due uova fritte, una spremuta d'arancio, una tazza di caffè e un bricchetto di latte. Lui ringraziò, cosparse le uova di sale e di poco pepe, poi, con la forchetta, incise il tuorlo. Il rosso uscì denso sull'albume, lentamente come se straripasse. Strappò un pezzo di pane e lo intinse e mangiò. Poi tirò fuori il telefono e lo accese, aspettò che prendesse la linea e intanto bevve il caffè. Il vecchio armeggiò ancora con la radiolina. Erano le nove di mattina. L'isola sembrava deserta.

Il pickup nero si fermò sotto la scaletta e si sentirono due voci, poi comparve Grigoris, il figlio del vecchio Gavros, che portava in braccio una cassa di polistirolo.

«Grigoris, eh!» fece il vecchio, «Grigoris bravo, bravo. Cuoco, eh, grande cuoco».

L'uomo si voltò verso Lorenzo e gli indicò il vecchio con un cenno: «Gavros è di buon umore» disse, e scomparve dentro la sala.

«Ah» fece il vecchio stringendo il *koboloi* fra le dita e sollevandolo mentre le perle della collana si srotolavano dal palmo della mano, «Grigoris barche fino Italia. Come me, eh, come me. Grigoris bravo, eh!». Poi spostò appena il gomito sul tavolo e mormorò: «Marousa Marousa» guardando sua moglie che usciva dalla sala con un vassoio vuoto, si avvicinava a Lorenzo senza dire nulla e portava via ogni cosa, a parte la spremuta. Si sentiva battere dalla cucina, rumori sordi e acqua scrosciante. Marousa rientrò passando accanto al marito, senza guardarlo. Il vecchio Gavros passò una perla del *koboloi* facendola rimbalzare tra le dita, allungò l'altra mano sulla radiolina e la spostò di nuovo e alzò un po' il volume. Lorenzo bevve l'ultimo goccio di spremuta e si mosse. Fece un gesto a Gavros che continuava a guardare dritto davanti a sé e dentro aspettò la ragazza che arrivava sorridendo. Era piccola come la suocera, come Marousa, si mise a posto la camicetta, lo guardò sedendosi di fronte alla cassa. Gli disse, in inglese, che Gavros era di buon umore se parlava. Nel frattempo fece il calcolo e gli diede il foglietto, lui pagò, prese il resto e salutò. Si fermò sull'uscio. «Arrivederci» disse al vecchio.

«Arrivederci» fece lui senza guardarlo.

La porta era chiusa, spinse delicatamente sulla maniglia, guardò nel buio e poggiò il pacchetto sul tavolino, lei era distesa a pancia sotto e i capelli uscivano sparsi dal cuscino. Richiuse la porta. Si sedette sulla veranda, poi si alzò di nuovo. Vide la ragazza tedesca che gestiva le case in affitto passare dietro al giardinetto, portava qualcosa in mano, una specie di cestino, scomparve dietro l'angolo. Non si sentiva che il sibilo del vento e il ticchettio di qualche telo che sbatteva. Si staccò dalla ringhiera di legno azzurro della veranda, scese giù, attraversò il giardino e s'incamminò sul selciato. Voltò oltre l'angolo della fontana. Vide il minimarket nel sole abbagliante e l'ombra dell'albero sull'antico lavatoio e i frutti rossastri spiaccicati sul selciato, quasi neri. Fece un passo oltre l'angolo del muretto a secco, si sentiva il vento sibilare, un fruscio spaventoso che diventava un rombo. Si bagnò le dita e bevve, superò l'angolo di pietra. Il vento veniva giù lungo la stradina sterrata come se fosse il suo unico passaggio, la terra si alzava mischiandosi alla sabbia e si faceva fatica a camminare. Lorenzo si coprì la faccia e guardò lontano nel sole. C'erano grida di bambini, forse dal campetto di calcio accanto alla scuola. Si chiuse le braccia intorno al corpo per proteggersi e continuò a camminare piegandosi in avanti.

La strada voltò dietro le case e improvvisamente il vento smise di fischiare. C'era di nuovo una stradina di ciottoli consumati, che scendeva fra le case, verso il golfo di Loutrò. Vide le barche colorate nell'acqua verdastra dell'antico porto, il baretto sul mare che apriva solo di sera, una vecchia signora che preparava qualcosa china sulla sua terrazza. Scese saltellando verso il mare. Passò una mano nell'acqua fredda sporgendosi dal bordo del molo. Potresti farti un bagno, un bagno subito, ora, disse. Restò lì seduto nel sole. Non c'era nessuno. Si sentiva l'acqua che si rompeva contro la riva di sassi e lo sciabordio del mare contro le barchette che oscillavano. Non c'è vento, qui. Dovresti portarci Sara, certo, non c'è mai nessuno. Anche a Sara piacerebbe qui, niente vento, niente sabbia, è perfetto. Fece due passi verso il mare al di là del muretto. Dovresti farlo davvero, disse tirando una pietra piatta e liscia sull'acqua, cercando di farla rimbalzare. La vide immergersi in una striscia che rompeva la superficie del mare, camminò lungo il molo e svoltò verso il mulino passando accanto alle chiglie delle barche ribaltate nel piccolo cantiere dell'isola. In alto vide il cancelletto blu semiaperto che sbatteva nel vento. Forse qualcuno era entrato a visitare un parente e si era dimenticato di richiudere la porta.

Nella stanza ancora buia Sara si passò le dita fra i capelli e li tirò da una parte, come per sbrogliarli dal cuscino, poi si allungò verso la finestra e aprì le persiane blu e si coprì gli occhi con una mano. La luce entrò in un bagliore accecante come un lampo illuminando i due letti di legno accostati e, in fondo, il cucinino. Vide il filo molle sotto la pergola di buganvillea che faceva su e giù strattonato dal vento, si alzò sui gomiti per guardare nel giardinetto. La palma polverosa, i gerani ricoperti da una patina di terra, sbiaditi. La sabbia si alzava in frustate che scendevano tra le case disposte in circolo attorno al piccolo giardino. Si lasciò ricadere. Chiuse gli occhi e sospirò, poi coprendosi con una maglietta di Lorenzo si tirò su e si mosse verso il bagno.

Accese il fornello elettrico, tirò fuori il latte e bevve del succco. La porta del bagno si riaprì sbattendo in un colpo violento. Lei sospirò, scosse il capo più volte, poi in un movimento veloce si voltò e la richiuse per bene, attraversò la stanza verso l'uscio e vide il pacchetto del forno sul tavolino. Lo prese in mano, era ancora caldo, Lorenzo doveva essere tornato e lei non l'aveva neppure sentito. Aprì e annusò. Prese un telo e, stringendolo con due dita sul fianco lo passò intorno alla vita finché la coprì sopra alle ginocchia, preparò la caffettiera, versò del latte nel bricchetto metallico, poi andò a sedersi sulla veranda per capire se il vento fosse davvero così forte come sembrava.

Lorenzo guardò il mare sotto la scogliera rossastra che s'infrangeva nella spuma bianca. Naxos era vicina, ma il contorno della grande isola era sbiadito nel calore del sole, il mare era blu e sferzato dal vento, punteggiato di increspature bianche. Non si vedevano barche all'orizzonte. Dall'altra parte, dietro alla cresta di rocce s'intravedeva il contorno dell'isola sacra. Dovresti andare, mormorò. Una barca, un gozzo, appena il meltemi finisce. Qualcuno può accompagnarti. Magari Grigoris. Finalmente andare lì, un bagno all'isola sacra. Dove gli uomini non sbarcano senza prima essersi lavati. Si sedette con le spalle contro il muro caldo e mosse la mano sulla terra come carezzandola. Chiuse gli occhi, il sole scottava, sentì il rumore di una corda che tintinnava nel vento. Era un rumore continuo, leggerissimo. Vide suo padre con una campanellina in mano, una campanellina di vetro, la faceva tintinnare chiamando alla cena e Martina era lì davanti che si asciugava i capelli, lui sdraiato sul letto con un giornaletto in mano. Odore di bollito. «Speriamo non ci sia la minestra. Odio la minestra di domenica» diceva lei. E intanto il telefono ricominciava a suonare e suo padre poggiava la campanellina da qualche parte e avanzava a grandi passi verso la cornetta del telefono grigio, poi improvvisamente si fermava senza rispondere e il telefono suonava, suonava in continuazione.

Si sentì un rumore dalla chiesetta, poggiò una mano sulla terra e si voltò. Non c'era nessuno. La porta di legno della chiesa brillava nel sole e in cima, sopra un arco dipinto di blu, la croce bianca sembrava traballare in cielo. Tirò fuori il telefono e lo accese e aspettò, poi guardò lo schermo mettendolo da una parte, all'ombra. Scorse i messaggi ricevuti il giorno prima, li aprì uno a uno, li rilesse. Aprì anche i messaggi che aveva inviato e li rilesse lentamente, poi premette sul tasto sinistro e nello schermo vuoto cercò di comporre una frase. S'interruppe subito. Sentì un cigolio e dalla chiesetta uscì una donna vestita di nero. La vide che richiudeva la porta a chiave. Scrollava la testa, alzò un braccio e mosse la mano nell'aria, disse qualcosa come in un mormorio. Si voltò e passò sul selciato verso l'uscita. Non l'aveva visto, teneva una borsa di paglia sul braccio sinistro e si assestò un velo sui capelli con l'altra mano. Oltrepassò il cancelletto, si voltò a richiuderlo, rimase ferma a guardare qualcosa fra le lapidi, poi riprese a camminare in discesa verso il cantiere e verso Loutrò.

Lorenzo tornò a guardare il telefono, cancellò, digitò velocemente qualcosa, poi si fermò. Carolina, scriverti è impossibile. Cancellò ancora una volta, chiuse gli occhi. Un cordino sbatteva nel vento, forse veniva dalla chiesa. E di nuovo era la campanellina di vetro. Il suono fragile della campanellina di vetro. Da dove era sbucata? Doveva averla tirata fuori da qualche cassetto mentre il telefono continuava a trillare. Lui era rimasto sdraiato immobile. Il phon di Martina acceso e questo suono che esce improvviso dal corridoio. «Forza, forza, forza», la voce possente di suo padre e il campanellino: un rumore sottile, rimbalzante. «Tutti a tavola, tutti a tavola, tutti a tavola». Martina lo guarda e scuote il capo, lui ride mentre scivola dal fianco del letto e fa per aprire la porta. «Dio mio» dice lei. «Perché, te la prendi Martina?» «Non capisci niente tu, non lo vedi? Sempre la solita storia». «Perché?» «Adesso ci sediamo, tra poco lui si alza, prende il telefono e si rintana in camera, scommetti?» «No». «O è una donna o è un creditore». L'odore della carne e Irma di là, i rumori dalla cucina. «A tavola a tavola. L'ultimo bollito dell'anno». La campanellina che suona lieve mentre il telefono ricomincia a trillare.

Si alzò. Respirò un profumo come di salvia o di qualche erba mediterranea che si perse subito nel vento. La chiesetta era ben chiusa, ora, cercò di sbirciare dentro attraverso una sottile feritoia tra le due ante della porta, c'erano icone e legni dorati. Si poggiò di fianco contro il muro, cercando un po' d'ombra, guardò nello schermo vuoto del telefono e scrisse quel che aveva intorno: la chiesetta, la lapide, il cimitero dove avrebbe voluto essere seppellito, lontano dal Verano, lontanissimo dal Verano e da quella tomba dove aveva visto scendere il padre, accompagnato dal fratello e dalla prima moglie e dai due figli, senza nessun amico. Le scrisse questo: della chiesa semivuota, del funerale scivolato via in un attimo e del Verano deserto in quella mattina soffocante di caldo e della pace che c'era ora, nel vento mostruoso che spazzava via ogni cosa sotto un sole abbagliante. Inviò, vide la bustina attraversare lo schermo, infilò il telefono in tasca e uscì dal cancelletto. Si voltò indietro per guardare quel che aveva potuto cercare la signora mentre usciva. C'erano le lapidi bianche che quasi accecavano a guardarle in quel sole e qualche filo d'erba nella terra riarsa e il blu del cancelletto di legno che girava tutto intorno. Il tintinnio si sentiva meglio adesso, veniva da una cordicella tesa sopra la chiesa forse per fissare una bandiera che ora non c'era. Prese a scendere lungo il selciato. «L'ultimo bollito, l'ultimo bollito dell'anno» dice suo padre sedendosi di nuovo a tavola. «Ormai è primavera, non vedo l'ora del mare, solo mare, solo mare, quest'estate, al diavolo la montagna».

*

«Guarda qui, vieni, amore, dove sei stato?» Gli saltò al collo mentre saliva i gradini della veranda. Lo baciò e lui sentì la pelle bruna che sapeva di sale e le passò una mano dietro la nuca carezzandole leggermente i capelli lunghi ispessiti dal mare.

«Guarda, guarda cosa ha portato la ragazza tedesca dal pollaio», indicò il cestino pieno di uova.

«Magnifico».

«Sono tutte freschissime, di stamattina».

«Magnifico».

«Grazie per il cornetto, amore, ma ti sei alzato prestissimo. Anche stamattina prestissimo».

«Un brutto sogno».

«Cioè?»

«Non so, non mi ricordo».

«E dove sei andato? Sei anche tornato per me, per il cornetto, grazie, grazie mille».

«Sei pronta per il mare?»

«Ma hai visto il vento?»

«Certo».

«Impossibile, vero?»

«Cosa?»

«Impossibile stare al mare».

«Ma no, vedrai. In paese, stamattina, sembrava l'Apocalisse, ma adesso è più leggero, al mare si starà bene».

Lei si mosse indietro verso la stanza e si chinò sul letto sfatto come per prendere qualcosa che le sfuggiva.

«Vuoi un uovo fresco?»

Lorenzo si avvicinò al tavolo, passò una mano sul cestino delle uova e ne estrasse uno. Prese un coltello e picchiettò sull'estremità del guscio bucandolo, tolse un pezzetto, e un altro pezzetto lo spezzò facendo leva con la punta del coltello. Chiuse con l'indice il buco e voltò l'uovo, picchiettò sull'estremità opposta aprendo un foro minuscolo, coprì anche quel foro con il pollice e voltò l'uovo ancora una volta, poi se lo accostò alla bocca, tolse entrambe le dita, chiuse gli occhi e deglutì.

Sara gli passò accanto e lo sfiorò, prese la borsa, tirò fuori un telo ancora appallottolato dal giorno prima, uscì e lo sbatté sulla veranda, rientrò, fece due passi dentro la stanza e si sentì prendere da dietro.

«Ma sei matto?»

«No».

«Non si può».

«Non si può».

Caddero sul letto. Con un piede Lorenzo chiuse la porta e le passò le mani sotto alla maglietta, la pelle scura nella penombra. Scese con le labbra lungo le costole e fino all'ombelico, Sara voltò la testa all'indietro, emise un suono gutturale e lui con foga le sfilò il telo che aveva avvolto attorno ai fianchi insieme al costume, poggiò una mano sul bacino e scese verso l'inguine, la baciò, divaricò le gambe, strinse le natiche nelle mani, la voltò contro il letto, intanto si slacciò i calzoni di tela e li fece scivolare alle caviglie e con un ginocchio fece perno sull'estremità del letto, la spostò ancora un po' e la prese per un braccio. Sara gridò contro il cuscino, intanto lui si avvicinava e con una mano si fece spazio e sentì il caldo e senza aspettare si mosse velocemente e lei disse: «Ecco, sì, ecco» con un filo di voce. La guardò, aveva gli occhi chiusi e le mascelle tese. Il letto era umido e si sentiva l'odore della pelle e dell'estate, tuffò il viso sul collo e sulla spalla nuda e per un attimo non sentì più nulla.

«Volo, uh, sì sì, volo!»

Sara aprì le braccia e si lasciò spingere dal vento.

Erano arrivati in cima lungo la stradina che partiva tra gli orti dietro la spiaggia. La salita era ripida, le case ai lati dell'antico ciottolato ricoperto qua e là di asfalto erano chiuse, sembravano deserte. C'era una calma gonfia di attesa e il rumore in cima alla stradina era molto basso ma costante, come un sottofondo. Superata l'ultima protezione, mentre la stradina scavallava sull'asfaltata, improvvisamente tutto cambiava: il vento veniva giù dal canalone su cui girava la grande strada, in una specie di rombo.

«Prendimi, tienimi, ti prego, uh, pazzesco!» disse lei quasi urlando perché il vento ululava in raffiche violentissime.

La prese per mano e lei si lasciò cadere a peso morto come se il vento la stesse trascinando lontano.

«Lo sai che ho volato, una volta, a New York?»

«Cosa?» fece lui. «Non sento».

«Ho volato» disse Sara coprendo la bocca con una mano e voltandosi verso di lui.

«Non capisco» gridò.

«Ho volato» fece lei avvicinandosi ancora.

«Ma che dici?»

«Sì, a New York, ho volato in un vento peggio di questo».

«Dove?»

«A New York» gridò lei scandendo le sillabe, «sul ponte di Williamsburg».

«Hai volato?»

«Sì sì, davvero, con l'ombrello».

La guardò tenendola per la mano, il braccio teso.

«Guarda gli alberi» le disse.

«Cosa?»

«Gli alberi» indicò lui in alto sulla loro sinistra, gridando.

«New York era peggio, ti assicuro» fece lei. «Era un giorno terribile, il cielo nero e un vento fortissimo, più di questo, e pioviccicava. Ho aperto l'ombrello e via! Ha preso il vento tutto insieme e ho volato, davvero, per qualche metro, non mi credi?»

«Guarda gli alberi là sopra».

Sara si voltò verso il pendio sulla loro sinistra. C'era una casa bianca e un viottolo che la raggiungeva tagliando a zig zag la collina e qualche albero completamente piegato dal vento.

«Quella è la forma che hanno preso col meltemi, vedi come li spazza via».

«Senti che freddo, dio mio».

«Vieni, dai, corri ché là dietro smette».

Lorenzo si copriva il viso e cercava di camminare controvento trascinando Sara. Passarono sulla scogliera che scendeva a picco sul mare oltre la centrale elettrica, poi dall'asfaltata voltarono sul viottolo che scendeva verso il golfo di Livadi. Fecero qualche metro e furono coperti dal crinale, il vento smise di colpo e anche il rombo.

«Ecco» fece lui, e la voce improvvisamente tornò normale. Si sentivano i rumori del mare in basso e il caldo del sole.

«Terribile vero?» fece lei radunandosi i capelli indietro. «Senti l'odore».

«Capre» disse Lorenzo.

La stradina scendeva ripida, sulla spiaggia le tende dei campeggiatori erano legate con più tiranti eppoi fermate sui bordi da enormi sassi, si vedevano le folate di vento attraversare la spiaggia e i corpi nudi distesi sui teli.

«Andiamo dai, devo buttarmi in acqua al più presto».

«Gelata» fece lei sottovoce, «sarà gelata».

Sentì che si muoveva sul fianco. La vide mentre scuoteva i capelli liberandoli dalla sabbia e li radunava in un fazzoletto annodato sulla nuca. Sfogliava la rivista e si stendeva e si poggiava sui gomiti, poi si stendeva di nuovo e si raggomitolava. Il cielo era pulito e il sole fortissimo e l'aria era calda, ma il vento scendeva giù freddo in folate improvvise. Sul mare le raffiche spazzavano l'acqua in superficie, creando un tremolio uniforme che si allargava in lontananza come se si espandesse nel nulla, e l'acqua acquistava un colore denso e vibrante. Continuò a leggere, poi con la mano le carezzò l'anca e la gamba e si voltò e le chiese se volesse farsi un bagno.

«No, vai tu» disse aggiustandosi il fazzoletto sui capelli.

«In acqua si sta bene».

«C'è troppo vento, è troppo freddo».

«Sara, qui siamo riparati. Il vento s'infila nel canalone dietro la taverna e spazza via tutto su quella parte lì della spiaggia. Vedi che non c'è nessuno lì?»

«Nemmeno qui c'è molta gente, Lorenzo».

«Qui siamo protetti».

«Ma non senti le raffiche?»

Lui sorrise.

«Non vedi che bisogna stare distesi per evitare che il vento e la sabbia ti arrivino come una mitragliata alla schiena?»

«Certo, ma stesi si sta bene e in acqua è meglio».

«Vai tu, Lorenzo. Detesto il meltemi».

«Ma no. È un vento buono».

«Buono?»

«È un vento che porta via le nuvole, capisci? È merito del meltemi se il cielo è pulito».

«Sì».

«Davvero, Sara, ascolta. È un vento di bel tempo, non alza il mare, ma porta via le nuvole. Adesso magari in Italia piove. E invece qui il cielo è terso, guarda che luce, eppoi non fa troppo caldo. T'immagini il caldo che farebbe, se non ci fosse il meltemi?»

«Un po' più di caldo ci starebbe bene, Lorenzo».

«E la sera?»

«Cosa?»

«Niente zanzare, Sara, la sera niente zanzare perché c'è il meltemi, capisci?»

«Ma Lorenzo non è questo».

«No. E cosa?»

«Niente. Vai a nuotare, non preoccuparti».

Lui rise e si alzò in piedi e la prese per le braccia e lei si ritrasse. La baciò, aveva le guance calde e la baciò di nuovo e sentì il sale.

«Meltemi» gridò ridendo mentre si tirava su.

Lei fece un gesto con la mano alzata, Lorenzo prese la rincorsa e si tuffò. Nuotò verso l'estremità del golfo. Si abbandonò supino sul filo del mare e chiuse gli occhi. Sentiva le raffiche sul mare e la corrente che lo portava verso gli scogli. Pensò al mare scuro di Anzio e a suo padre chino su di lui contro il sole abbagliante. «Non riesco, papà, non riesco». Gli fa segno di stare calmo e passa un braccio dietro la schiena e lo tiene disteso e lo guarda dicendo: «Per galleggiare non devi pensarci, non devi pensare a nulla». Martina ride e fa capriole, lui prova a rilassarsi e appena suo padre sfila il braccio subito le gambe affondano giù. «Non pensarci, non pensare a nulla, rilassati».

Alzò la testa per vedere se la riva si stesse allontanando troppo. Vide Sara che si scrollava di dosso la sabbia. Era l'anno che poi andarono a Londra? Quando sua madre aveva deciso di ristrutturare la casa e il nonno li aiutava in tutto e aveva organizzato Londra? «Una vacanza lontano da Roma, questo vi serve». L'aveva sentito, da dietro la porta, una sera, tornato a casa. «Ma io voglio andare al mare» aveva provato a dire il giorno dopo e Martina lo guardava con gli occhi sgranati e gli faceva dei segni e sua madre non rispondeva. «Non capisci mai nulla, mai nulla. Non capisci che papà e mamma si lasciano? Non lo capisci proprio?»

Prese a nuotare sottacqua verso gli scogli. Guardava i contorni sbiaditi delle alghe scintillanti mentre nuotava vicino al fondale eppoi tornava su, prendeva aria e s'immergeva di nuovo. «Non capisci niente» adesso lo dice quasi arrabbiata. «Il mare, il mare, sempre il mare. Andiamo via dal mare apposta. Non riesci a capirlo? Sempre papà, sempre papà, ma mamma la vedi?» «Certo che la vedo, certo che la vedo, sei tu che non capisci nulla» grida contro Martina e si alza in piedi e fugge via, scoppiando in lacrime. Corre e pensa a sua madre sul bagnasciuga, sola, a Anzio, quando aspettava suo padre. Ecco cos'era. Lei lì che si passava una mano sui capelli che aveva tagliato cortissimi, lei seduta, le ginocchia rannicchiate sul petto e lui che grida di guardarlo mentre prova a fare capriole, tuffi, volteggi e sua madre che sta seduta immobile e lui torna a riva e le chiede quando tornerà papà e lei che sorride: «Chiedilo a lui se lo vedi». Nuotò verso la spiaggia, immaginò le spalle di suo padre, le spalle larghe tra gli uomini che passeggiavano sul bagnasciuga dello stabilimento Tirrenia, e lui che corre tra le gambe della gente cercandolo. S'immerse di nuovo, nuotò sottacqua fino a riva, si lisciò i capelli all'indietro e quando si tirò fuori con l'acqua pesante che scendeva giù lungo il corpo vide che sui teli non c'era nessuno. Le grosse pietre poggiate agli angoli per fissare i teli in terra contro il vento erano semisommerse di sabbia, la borsa di Sara non c'era e le riviste svolazzavano.

Lungo il muretto a secco costruito dietro le tamerici, era piantata una distesa di tende basse, l'apertura rivolta verso il mare per proteggersi dal vento e dalla sabbia. Camminò attraverso i tiranti fermati da enormi pietre, dentro una tenda c'erano due ragazze che mangiavano qualcosa, gli sorrisero. Si sentiva la musica greca suonare nella taverna della spiaggia. Prese il viottolino tra le piante di agave e arrivò al muretto chiaro, si fermò sull'uscio e la vide dentro, seduta al tavolo davanti a un piattino e un bicchiere di birra. Rimase immobile, poi fece un passo indietro e voltò a destra e seguì il perimetro del muro esterno. C'era un campo polveroso e un asino fermo sotto al sole accanto a un cespuglio di lentisco ricoperto di polvere biancastra. La gamba anteriore e posteriore dell'asino erano legate fra loro. Odore di animali, di terra. Si arrampicò su due pietre e continuò a girare intorno, la musica suonava e il vento attraversava il campo e si schiantava sul muro della casa. Sentì le ali sbattere e il suono delle galline, si sporse sulla rete. Dentro era buio, l'odore era forte e qualche ala tremava nell'aria ferma. Guardò verso l'asfaltata dove non passavano che pochissime macchine e la stradina sterrata che veniva giù e il parcheggio dove era fermo un pickup e un pulmino vecchissimo. Tornò verso l'ingresso principale, diede un'occhiata alla vecchia padrona alla cassa che fumava immobile e sembrava gli stesse sorridendo, entrò di scatto.

Bevvero altre due birre, mangiarono tzatziki e giocarono a backgammon e quando Sara si alzò per andare al bagno, la vide felice in piedi e le diede un pizzico sulla gamba, infilando la mano sotto il telo con cui si copriva il costume e lei barcollò.

«Stai bene» disse lui.

«Ho bevuto».

«Beviamo ancora».

«Ma no, basta».

«Fa bene, ci fa bene».

«No, basta, sei pazzo» disse lei ridendo.

Le fece segno di no. Sara attraversò la sala e lui alzò un braccio verso la ragazza che serviva ai tavoli e ordinò due rakì.

«Tutto d'un fiato» le disse quando tornò poco dopo.

Brindarono.

«*Gia mas*» disse lei.

«Salute».

Si abbracciarono e uscirono. Fuori l'aria sembrava più calda e c'era polvere sul piazzale davanti alla porta intagliata nella pietra. Lorenzo la teneva stretta da dietro, lei cercava di divincolarsi. La spinse a camminare così, con lui che premeva contro le sue gambe. Andarono avanti lentamente verso la spiaggia. Erano quasi le cinque di pomeriggio. I gigli di mare tremavano nel vento tra la sabbia e le tamerici, e Lorenzo prese Sara per mano e la tirò verso di sé in uno strattone. Corsero sulla spiaggia fino ai teli che erano coperti di sabbia, si sfilarono il costume e si tuffarono e mentre lei veniva fuori trattenendo il respiro Lorenzo la strinse, la baciò e la tenne fra le braccia camminando nel mare fin dove smise di toccare.

Continuò a nuotare sottacqua, lungo la scogliera, dove i brillii di venature verdastre si perdevano in varchi quasi argentei eppoi neri. Nuotò fino al largo e tornò gettando le braccia sull'acqua con lentezza e mentre usciva la vide che si alzava, vestita di bianco, nel sole che era diventato più obliquo e più denso. Gli venne incontro con il telo aperto e lui ci si chiuse dentro abbassando gli occhi. Non disse nulla, cercò di asciugarsi in fretta e si stese per evitare che il vento lo freddasse troppo.

«Ti sei già vestita?»

«Sì».

«Stai bene così, tutta bianca».

«Grazie».

«Stai bene».

«Io vado, Lorenzo».

«A casa».

«Non ce la faccio, mi dispiace».

«No».

«Troppo vento, non riesco, troppo freddo».

«Troppo».

«Sì, Lorenzo, mi spiace, ma non ce la faccio».

«Ma abbiamo bevuto, è bellissimo».

«Per te è bellissimo. Per me no».

«Non ti piace il mare?»

«Certo che mi piace. Ma così no. Non ho mai visto un vento del genere, non ce la faccio».

«Non c'è nulla che uno debba fare».

«No, appunto».

«La natura è questa. Il vento esiste».

«E io non lo sopporto».

«Non sei obbligata».

«Vado a casa. Ci vediamo lì».

«Certo».

«Mi spiace, Lorenzo, ma davvero non ce la faccio».

«Va bene».

Si abbassò su di lui e lo baciò, strinse la sacchettina di plastica in mano e si allontanò verso il sentiero.

La taverna della spiaggia adesso era quasi piena. Poggiò il telefono sul tavolo e spinse il tasto rosso finché non vide lo schermo illuminarsi, poi distolse lo sguardo. Sentì il telefono che vibrava sul tavolo mentre i messaggi arrivavano e lui cercava di contare quanti fossero, gli occhi puntati in alto. Il soffitto era completamente ricoperto da una rete da pesca, una rete giallastra fissata qua e là con ganci di ferro. Tra il soffitto e la rete erano distribuiti pezzi di legno corrosi dal mare, conchiglie, cavallucci marini, galleggianti, ricci rossastri e verdi. Guardava ogni cosa bevendo la birra fresca e ascoltava la musica greca e la tavolata di uomini che cantavano. Era molto più buio adesso, l'asino non stava più dietro la casa e c'era odore di capretto e di pollo e i piatti della tavolata accanto fumavano. Bevve un altro sorso fresco poi si decise a leggere i messaggi. C'era Pietro che gli chiedeva come andassero le cose e Carolina che lo ringraziava per le sue parole e per tutto quel che le aveva raccontato, gli mandava il suo affetto e insisteva a dire che lui non era solo e non sarebbe mai stato solo. Allora si scosse e aprì lo schermo e scrisse. Bevve un altro sorso di birra e scrisse. Scrisse componendo più messaggi in un racconto lunghissimo. Poi si abbandonò un attimo sul muro e ricominciò a guardare il soffitto e i volti degli uomini accanto e il tavolo di ragazze all'angolo.

Guardava il messaggio e stringeva il pugno. Cercava di spiegare a Carolina che lui non meritava le sue parole, lui avrebbe meritato di rimanere solo, come era capitato al padre, in una chiesa minuscola e quasi vuota. Meritava di essere lasciato a se stesso, come con lui aveva fatto Marco. Si sentiva solo, si sentiva troppo solo. Le scrisse che le sue parole erano la cosa più bella di quei giorni. Bevve ancora birra, si guardò attorno e nessuno lo vedeva, però gli parve che tutti potessero capire quanto si era commosso. Rilesse quel che aveva scritto e senza pensarci lo inviò, poi rilesse ancora e si sentì invadere da una specie di calore nel petto e gli sembrò che qualcosa stesse per accadere. Allora si alzò di scatto, svuotò la bottiglietta di Mythos, si avviò verso la cassa e pagò al ragazzo che aveva sostituito la signora per la serata. Quindi uscì nell'aria biancastra della sera che cominciava a calare. Erano le otto. Si sentì leggero mentre prese a salire lungo il sentiero.

La vide nella penombra che sgattaiolava nuda in bagno. Sentì l'acqua che correva nella doccetta, il fischio del frigorifero, il fruscio del vento sulla veranda. Guardò l'ora e si stiracchiò contro il cuscino. Fuori c'erano i lumini tremolanti delle candele accese in giardino. Illuminavano la palma, il tavolo di pietra, la tavola del backgammon. «Dovresti farti un bagno ora» disse, e si guardò le mani. Con la luna, un bagno ora, nella notte. Sentì Sara che tornava in camera.

«Andiamo a mangiare?»

«Potremmo farci un bagno».

«Di notte?»

«Di notte».

Lei alzò la testa, poi continuò a vestirsi.

«C'è parecchia luna, fra pochi giorni sarà piena, fa caldo, c'è un'aria calda» disse Lorenzo.

«Sì, è bello, ma ho una fame tremenda, io».

«Sì, anch'io, ma non dico ora. Dopo cena magari». Si voltò verso di lei, poggiandosi contro la finestra. «Papà ci portava a fare il bagno con la luna piena. Me e Martina, a volte con gli amici. Preparava gli asciugamani e ci portava in macchina».

«Veramente?»

«Sì. Sceglieva le spiagge in base a due criteri. La luna e la taverna».

«Che vuol dire: la luna?»

«La luna. Ci doveva essere la luna proprio davanti, doveva illuminare il mare perfettamente, non gli piaceva il mare nero».

«Neanche a me».

«E così andavamo, facevamo il bagno eppoi mangiavamo».

La guardò mentre s'infilava una maglietta bianca, l'abbronzatura scintillava nella penombra.

«Lui avrebbe preferito fare il bagno dopo, ma c'era sempre la questione della digestione e così andavamo prima».

«Eppoi vi scatenavate in taverna».

«Sì. Al mare stavamo in pace. Non esistevano i cellulari. Stavamo bene. Forse sono le uniche vere cene che facevamo sempre insieme. Papà tutto il tempo a tavola. Incredibile».

Gli si avvicinò. Lui sentì l'odore della pelle abbronzata, il mare attraverso la crema doposole. La baciò sul collo, serrò le labbra e soffiò.

«Andiamo?» fece lei sottovoce.

«Stai ferma» le disse, «non guardare. Senti? Lo senti?»

«Porco».

«Sssss, non dire nulla... Non capisci? Dev'essere il vento».

La fece cadere sul fianco e riprese a soffiare.

«Andiamo a mangiare» disse lei con la voce tremante.

«Ssss, silenzio tu, se fai così non senti più nulla».

La carezzò e le strinse una spalla. Scese con la mano di nuovo lungo i fianchi.

«Ecco, hai sentito?»

«Sei pazzo?»

«Macché pazzo. Dev'essere il dio del vento, Eolo, è lui che è qui, il Signor Meltemi. Ascolta, ssss, se non parli e non ti muovi puoi sentire benissimo».

Fece scivolare le mutandine oltre le ginocchia eppoi si spostò sul materasso e continuò a soffiare piano, tenendo le labbra serrate.

«Non ti muovere ché il dio del vento potrebbe scatenare un inferno».

«Sei un pazzo, dio mio, sì, sei un pazzo, sì».

«Ma non sono io, sssss, senti?»

La spostò supina e si ritrovò sotto di lei, le ginocchia a terra, e continuò a soffiare scendendo sulle gambe e risalendo, da una parte eppoi dall'altra, finché smise all'improvviso e con le labbra l'agguantò.

«Pazzo, pazzo, vieni su, ti prego, dio mio, pazzo».

Restò fermo per qualche minuto e lei si dibatteva, poi la lasciò, si alzò sulle ginocchia, la spinse contro di sé facendola scivolare sul letto e aspettò ancora. Dalla finestra entrava la luce lunare e il vento attraversava la stanza debolmente. Era già sudato e sentiva l'aria fresca che gli passava sul petto. La guardò, si spostò verso il suo bacino e restò ancora fermo. Lei cercava di spingerlo, puntandosi sulle braccia provava a trarlo a sé, ma lui restava immobile e la teneva per le gambe muovendosi con un tocco leggerissimo senza mai avanzare se non di un milllimetro, un millimetro alla volta.

«Sara» disse in un mormorio. «Sara?» ripeté.

«Mi vuoi fare morire?» disse lei, «Vuoi farmi impazzire? Ti prego basta, basta, basta. Ti prego, vieni qui, ti prego».

*

La terrazza della Pensione Kifinas era piena. Si sentivano le posate ticchettare sui piatti e un brusio confuso, e sulla stradina principale del paese facevano avanti e indietro ragazzi appena sbarcati sull'isola. Davanti alla finestrella che sfornava souvlaki in cima alla salita, si snodava una fila di gente che chiacchierava e, accanto, le seggiole della pasticceria erano occupate e qualcuno cantava.

Al tavolo accostato alla balaustra di legno della terrazza, Lorenzo fece segno alla moglie di Grigoris e continuò a muovere la mano su una pallina di pane. Marousa intanto raccoglieva i loro piatti pieni dei resti del pesce caricandoli sul vassoio. La ragazza arrivò lentamente, dopo aver risposto più volte a una signora che parlava un greco cantilenante. Si sporse con il blocchetto delle ordinazioni in mano e Lorenzo le chiese un altro rakì e le disse di fare i complimenti a Grigoris: il pesce era magnifico. Lei sorrise e tornò verso la cucina. Lorenzo si voltò di nuovo verso Sara, alzò il braccio, le mostrò la pallina di pane.

«Toccala, sembra quasi pongo».

La tenne fra le due mani e con tre dita cominciò a modellarla. Appuntì in fretta un'estremità, poi fece lo stesso dall'altra parte.

«Una volta ero velocissimo».

«Ma cos'è?»

Continuò a modellare le due estremità eppoi appiattì la parte centrale come fosse un disco e guardò il pezzo di pane di profilo facendolo girare, modellò ancora e lo mise sul tavolo. Spostò il piatto e tolse le briciole e con l'indice, il pollice e il medio cercò di farlo girare.

«Una trottola».

Modellò ancora un'estremità e la fece girare di nuovo. Volteggiò su se stessa spostandosi sul tavolo.

«Incredibile».

«Non lo sapevi? Una volta ero velocissimo a farle» disse, e sistemò ancora il disco per dargli equilibrio.

«Non ti avevo mai visto».

«Ecco. Papà faceva sempre trottole, quando eravamo piccoli. E io ho imparato. E ne ho fatte tantissime, per un periodo. Poi ho smesso».

«Non lo sapevo».

«Si può smettere».

«Che vuoi dire?»

«Si può smettere di rifare sempre le stesse cose che hanno fatto i padri? Questo è il punto, Sara, questo è il punto».

«Ma che c'entra?»

«Io non voglio un funerale come quello di papà».

Lo guardò senza dire nulla e abbassò gli occhi sul piatto.

«Quella chiesa vuota mi tortura. Mi viene in mente sempre. Una chiesa così piccola, il caldo, gli alberi fuori, noi che entriamo e quei quattro banchi occupati. Non ci posso pensare».

«Ma Lorenzo, ma tuo padre...»

«Mio padre niente, non aveva amici, capisci? È così. Molto semplice. Non aveva amici, e alla fine è stato chiaro. Donne, cene, viaggi, riunioni, agende piene di nomi, il negozio dove incontrava decine di persone, tutti che lo salutavano, eppoi? Chi c'era? Hai visto? Io potevo immaginarmelo che non ci fosse molta gente, un sabato mattina, fine luglio a Roma, figuriamoci, certo, ma non così».

«Sì, Lorenzo, ma tuo padre, scusa, cosa importa il funerale?»

«Niente, certo, niente», strappò in due la trottola e la buttò fra i resti del pesce. «Cosa importa un funerale? Nulla. Neanche a me importerà molto del mio funerale, perché sarò morto. Ma io non dico il funerale».

«E cosa?»

«Gli amici. Io voglio avere amici, non solo gente che mi telefona per chiedermi indietro i soldi. Debiti, litigate furibonde, non rispondere, darsi per malati. Non amici traditi, gente cui hai rubato la donna o anche peggio. Io voglio amici. E Marco? Cosa ho fatto io a Marco? Lo vuoi capire o no?»

«Sì, Lorenzo, sì, lo capisco benissimo».

«Marco. Lo vedrò mai più? Mi perdonerà mai? Mi manca».

«Anche a me manca».

«Il suo modo di fare. Uno scherzo improvviso, quel modo di fare bonario, sempre tranquillo, io voglio averlo accanto, cazzo. Ho bisogno di lui. E non posso».

«Lo so».

«Il suo messaggio, quella sera, per papà, il suo messaggio. Pensavo che forse ci saremmo potuti rivedere. Gli ho riscritto, dopo il funerale, ma è giusto così, ha ragione, io non voglio approfittare».

«Che significa? Nessuno pensa che tu voglia approfittare».

«Non si può tornare indietro».

«Tu vorresti?»

Si passò le mani fra i capelli oltre le tempie e si poggiò sullo schienale della sedia e la guardò sorridendo. «Abbiamo fatto un disastro».

«Hai rimpianti?» fece lei. «Anche a me manca Marco, che credi?»

«Certo, me lo immagino».

«Mi piacerebbe se fossimo amici, forse un giorno lo saremo».

«Forse».

«Era impossibile vivere con lui, impossibile» disse lei, guardandosi le punte delle dita. «Però a ripensarci».

«A ripensarci?»

«In ogni situazione, anche nella situazione più estrema, in cui aveva combinato qualcosa di insopportabile, be', trovava il modo di ridere. Alla fine riusciva a farmi ridere, anche se ero arrabbiatissima».

«Ecco, quel che dicevo».

«Era leggero, riusciva a portare leggerezza. Mi manca, certo che mi manca. Ma abbiamo fatto questo e non possiamo tornare indietro».

«Vedi? Non si può cambiare mai».

«No. Ma cosa c'entra?»

«Non si può cambiare direzione».

«Certo che sì. Ma non indietro».

«E tu vorresti tornare indietro?»

Lei sorrise e scosse il capo. «Lorenzo».

«Vorresti vero? Ti manca Marco. Non è così divertente stare con me, vero? Una pesantezza terribile, in confronto».

«Lorenzo».

«In Grecia, col vento e con me. Non è così divertente, vero?»

«Ma che dici?»

«Sogni Stromboli? Sogni il mare e il vulcano e la vostra casetta?»

«Ma...» Allungò una mano verso di lui e Lorenzo si tirò indietro. Prese la salvietta dalle gambe e la fece cadere sul tavolo mentre si alzava.

«Vado al bagno, scusa» disse e, senza guardarla, si fece largo fra i tavoli.

Si lavò la faccia, sentiva il volto bollente e gli occhi gonfi. Si sciacquò più volte e uscì. La porta scorrevole bianca che separava il retro dalla terrazza era chiusa. Quando il meltemi si alzava, Grigoris chiudeva la porta scorrevole e srotolava un telo trasparente sul fianco della terrazza rivolta a nord. Si fermò lì. Sentiva voci di ragazzi che chiacchieravano da qualche parte davanti alle stanze della pensione. Salì le scale esterne verso il piano superiore. Nel buio vide la brace delle sigarette ballonzolante nella notte sull'estremità del terrazzo. C'era una musichetta bassa che usciva da qualche stanza e il profumo del bucato. Ragazzi fumavano come ombre, i piedi poggiati contro il parapetto, occhi bianchi nel buio. La musica era greca. Restò per un attimo in piedi. Un lungo stenditoio attraversava il balcone. Lenzuola bianche sbattevano e si riempivano di una luce opaca, densa, un bianco lattiginoso e notturno. Le ombre cominciavano a mostrarsi nei loro contorni e il cielo sulle case divenne meno nero e vide le mani e gli anelli sulle dita di una ragazza e un orologio che guizzava sul polso di un uomo e anche le voci acquistarono tonalità più precise, ogni contorno era più netto. Si sentì meglio, si sentiva bene. Il vino aveva fatto tutto quanto, adesso lo sentiva, era stato il vino. Aveva voglia di prendere una barca e dormire su una spiaggia dell'isola di fronte. La guardò, il profilo buio, i miti che si raccontavano e tutto quello che rappresentava ancora, un'isola sacra. Perché non andare? Vai, vai, non avere paura. Si può andare. Puoi farlo. Il lenzuolo sbatté di nuovo nel vento leggerissimo della notte. Tua moglie! Sì, tu hai avuto una moglie e non si chiamava Sara. Si chiamava Carolina. Sbattè una mano aperta contro il lenzuolo, fece un passo e immerse il volto nel profumo di bucato. Era la casa di mattina, le tazzine di caffè bianche con un grappolo d'uva disegnato marrone e una cesta piena di fiori dipinta anche quella di marrone, e chissà quante volte l'aveva guardata e riguardata. Il disegno marrone dell'uva, c'erano anche due mele o forse due melograni, e sotto una scritta in corsivo: *England Bountiful.* Ma cosa significava? Sua madre riempiva la tazzina di caffè per suo padre. Il tavolo sotto la pergola di vite era pieno di sole, l'incerata sul tavolo scottava, e lui guardava i nodi disegnati sull'incerata e sentiva l'odore di caffè che copriva il profumo del bucato e vedeva suo padre che compariva sulla soglia assonnato con le occhiaie profonde e i capelli arruffati. Tu hai avuto una moglie e hai avuto una madre. Era Carolina tua madre? Era Carolina? Chi assomiglia a tua madre? Sara? Sara no, Sara non è tua madre. Tirò fuori dalla tasca il telefono e lo accese. Aspettò che prendesse la linea, poi sentì un suono e vide che lo schermo s'illuminava. Aprì il messaggio di Martina che gli rispondeva. Raccontava del mare, del sole, di Emilia. Diceva che non vedeva l'ora di rivederlo, gli mancava, voleva mandargli l'abbraccio più grande, voleva essere vicina a lui. Chiuse il messaggio e non ce n'erano altri. Tenne premuto il tasto rosso, lo schermo divenne buio e ripose il telefono in tasca. Si voltò e tornò sui suoi passi, scese i gradini in fretta e rientrò nella sala, le luci erano così forti che per un attimo socchiuse gli occhi.

«Ma veramente, Sara, credimi».

«No, per favore, Lorenzo».

«Ascoltami, vieni qui», la prese per un braccio e le strinse la spalla forte e lei si divincolò.

«Basta, sei fastidioso».

«Fidati, un bagno è perfetto, ora».

«Vuoi affogare?»

«No».

«Se vuoi affogare, fallo».

«Ma perché affogare? Ma che dici?»

«Sei ubriaco fradicio».

«E allora?»

Sara non rispose e scese i gradini che portavano sulla spiaggetta del porto. In fondo, le luci del bar erano accese e sotto le tamerici c'era gente seduta a chiacchierare.

«Non c'è niente di meglio, capisci?»

«No».

«Vieni», la prese di nuovo, l'abbracciò e le diede un morso sul collo. Lei gridò e lo spinse lontano. «E ora ti ho fatto male?»

Si toccava la nuca piegandosi un po' e tirava dritta verso la stradina sterrata.

«Dai, non ti arrabbiare».

«Lorenzo, basta, sei molesto, lo capisci?» fece voltandosi di scatto.

«Macché molesto, sono alticcio, dai».

«Certo».

«Vorrei solo farmi un bagno con te, adesso».

«E io no».

«Per favore, non vedi? È bellissimo».

Sara si fermò sbuffando, poi lo guardò negli occhi: «Lorenzo non ti reggi in piedi. L'hai detto anche tu: il bagno di notte è perfetto con la luna piena. Aspettiamo la luna piena, va bene? O domani o dopodomani».

«Certo, sempre domani, la luna piena, sempre domani».

«Come?»

«È sempre domani la luna piena, non lo sai?»

«Ma che dici?»

«Sempre domani: domani è piena, domani è piena. Poi domani la guardi e ti accorgi che era ieri».

Sara scosse il capo e s'infilò sulla stradina. Lorenzo la seguì.

Mentre lei era in bagno, tirò fuori dal frigorifero la bottiglia di rakì e la portò sulla veranda e la posò sotto la panca a ridosso del muro. Si mise a sedere, poggiò i piedi sul tavolo e rimase così finché non la sentì uscire. Le disse che l'avrebbe raggiunta a letto fra poco.

«Lorenzo».

«Sì».

«Non russare, per favore».

«No».

«Sei ubriaco fradicio, russerai di sicuro, mio dio».

«Be' se capita, lo sai, basta che mi giri un po'» fece lui.

«Ma cerca di non russare».

«Non dipende da me».

«Se bevessi di meno».

«Certo, ma ho bevuto di più».

La sentì mentre chiudeva la porta, s'infilava a letto e vide le luci dietro la persiana spegnersi. Allora tirò su la bottiglia e si versò del rakì in un bicchierino e bevve, prese il telefono, lo accese, lo poggiò sul tavolo e bevve ancora. Sentì il respiro profondo di Sara dopo pochi minuti. Cercava di scrivere qualcosa ma non ci riusciva. Lo schermo gli sembrava troppo piccolo e confuso e ogni volta che scriveva si ritrovava a strizzare gli occhi, chiuderli e riaprirli per cercare di mettere a fuoco e seguire quel che aveva scritto. Lasciò il telefono sul tavolo e si alzò, andò verso la doccia, si bagnò il viso. Un bagno ti rimetterebbe al mondo, solo un bagno, come al Circeo, con Martina, Carolina, Emilia. La spiaggia lunghissima e le estati lì, la pasta alla sorrentina e Martina con Emilia, suo padre e sua madre che tornava, era tornata, sì, finalmente, c'erano tutti, adesso, tutto cambiava, tutto poteva finalmente cambiare. Un bagno di notte al Circeo nel mare nero sotto la roccia nera. Martina che si spogliava e Carolina che si spogliava e Emilia nuda, tutti nudi in mare, il fresco, e l'odore di rosmarino dietro l'angolo e le stelle cadenti, dio mio, le stelle cadenti. Chi ti vieta di andare? disse. Un bagno adesso, un bagno. Tornò verso la veranda, si affacciò dentro la stanza, Sara dormiva. Prese la bottiglia, s'infilò il telefono in tasca e si avviò barcollante attraverso il giardino.

Sulla spiaggia c'era un'aria quasi ferma, la penombra della luna e un debolissimo chiacchiericcio da qualche parte. Si mise a sedere contro il tronco di una tamerice e bevve direttamente dalla bottiglia. Gli sembrava che qualcosa si potesse fare, che finalmente qualcosa potesse cambiare. Come se dietro l'angolo ci fosse una svolta improvvisa e lui avesse la possibilità. Hai la possibilità, sei un uomo, è il tuo momento. Strinse i pugni e si mise in guardia, lì seduto contro l'albero, fece due movimenti. Li stendi tutti, li stendi tutti. Vide un gruppo di ragazzi che attraversavano la spiaggia scendendo dalla stradina del paese. Si alzò, guardò la bottiglia lì accanto al tronco e andò incontro al gruppo. Chiese se avevano una sigaretta. Anche loro avevano bevuto e ridevano e barcollavano e gliene offrirono da più pacchetti e volevano che ne prendesse un mucchio. Ma ne prese una sola, se la fece accendere e li ringraziò e loro ripresero a camminare verso la stradina che portava a Livadi. Restò in piedi a fumare, e appena fumò sentì la testa girare vorticosamente. Adesso dovresti tuffarti, proprio adesso. Fece un movimento e barcollò. Di corsa devi andare, di corsa. Gettò la sigaretta e fece per togliersi la maglietta e mentre se la sfilava dal collo cadde in terra sulla sabbia umida. Non c'è nessuno per farsi un bel bagno, non è il bagno con Marco, Pietro e la ragazza di Pietro quell'estate al Giglio e tutti avevano paura, tutti avevano paura del mare di notte, c'erano gli scogli e bevevamo birra e Marco diceva che c'erano pesci che ci avrebbero staccato il pisello. No, non c'è nessuno ora. Provò ad alzarsi e si piantò su un gomito e guardò in alto, lontano, la luna e gli scintillii sul mare e la testa gli scoppiava. Si abbandonò di nuovo sulla sabbia e sentiva che tutto girava, tutto girava vorticosamente. Basta, adesso stai fermo, ti riprendi un attimo eppoi ti tiri su e via, a casa, il bagno da soli di notte è una merda. Restò così con gli occhi chiusi per qualche secondo, qualche minuto, finché non sentì più nulla.

La luce era bassa e faceva freddo, l'umidità entrava nelle ossa e pensava che non ci fosse scampo e che tutto fosse segnato, poi aprì gli occhi e si guardò intorno e non capiva dove fosse, fece un movimento e sentì un dolore fortissimo alla spalla, cercò di tirarsi su. Il fragore del mare, le onde metalliche sulla riva, il cielo che diventava biancastro. S'infilò una mano in tasca, il telefono c'era, erano le sei. Che hai fatto, dio mio? La testa gli scoppiava. Si tirò su toccandosi la spalla, con l'indice spostò la maglietta per vedere se ci fosse qualche segno, ma sembrava tutto a posto, provò a muovere il braccio lentamente, in circolo. Sulla spiaggia non c'era nessuno, tranne due sacchi a pelo stesi contro il muretto sotto le tamerici. Scosse il capo guardando lontano sul mare. L'isola sacra di fronte appariva in un'aria lattiginosa e non sembrava poggiasse sul mare. Portò le mani contro le tempie e le massaggiò, si pulì dalla sabbia, si passò le mani fra i capelli. Faceva fresco e gli sembrava di avere tutte le ossa fuori posto. Era a piedi nudi, guardò intorno per vedere se ci fossero i sandali ma non vide nulla, forse era venuto così, senza scarpe, senza nient'altro. Sbatté la maglietta per sgrullarsi dalla sabbia, mosse il collo, si toccò di nuovo la spalla. Che cazzo hai fatto? Si avviò indietro sulla spiaggia, i piedi nella sabbia umida e fredda, pensò all'albero e gli tornò in mente il rakì, vide la bottiglia da lontano, stesa sulla sabbia, aperta. Si avvicinò, la raccolse, la svuotò e la lasciò cadere di nuovo. Riprese a camminare e, in un moto improvviso, si mise la mano in tasca e afferrò il telefono, sbloccò la tastiera e cercò fra i messaggi inviati, l'ultimo era quello dal bar, non ne aveva inviati altri, fece un lungo sospiro e ricominciò a camminare sulla sterrata, i sassi sotto i piedi nudi e la testa come una cassetta che sferragliava, vide la veranda nella luce dell'alba. A quell'ora sembrava tutto più azzurro. Si bagnò la faccia alla bocchetta d'acqua accanto alla palma, salì in punta di piedi, aprì cercando di non far rumore, entrò e richiuse e, nel caldo e nell'odore della notte, mentre si spogliava, con la luce che filtrava attraverso il telo disteso sulla finestrella della cucina, pensò che di vento ce n'era poco, pochissimo, forse era davvero finito.

Sentiva i galli cantare, i passi di qualcuno dietro la casa, nell'orto, i bisbiglii di chi girava sul retro della casa in costruzione. Sentiva ogni rumore. Si voltava una volta ancora nel letto caldo e cercava di rilassarsi e, dopo pochissimo, sentiva di nuovo un formicolio, gli veniva in mente un'immagine, poi un'altra, e sempre c'era da sradicare l'idea che lo tormentava. Pensò che avrebbe fatto bene a smetterla, il sonno non tornava più, non avrebbe più dormito. Doveva alzarsi, prendere qualcosa per il mal di testa e uscire. Alla fine, lo fece: silenzioso, scostò il lenzuolo e scese dal letto, si sciacquò in bagno, trovò una pillola nella bustina delle medicine di Sara e la spinse in bocca e bevve, si vestì e prese il telefono e il portafogli e uscì, erano le otto e un quarto. Sei come tuo padre, Lorenzo. La mattina dormirai sempre meno, non c'è niente da fare. Sei proprio come tuo padre. Scese dalla veranda e vide il giardinetto in un veloce turbine di vento.

«Buongiorno buongiorno» ripeté il vecchio.

«Buongiorno» fece lui.

Indossava una camicia diversa dai giorni precedenti, stringeva il *koboloi* fra le mani, la radiolina accesa accanto gracchiava e tutto era come sempre.

Andò a sedersi a un tavolo più vicino, gli diede un'occhiata veloce e il vecchio teneva lo sguardo fisso davanti a sé, come perso nel vuoto. Sfregava le dita intorno a una perla, poi la liberava, se la passava fra indice e medio facendola rimbalzare sull'altra perla che usciva tra il mignolo e il pollice, eppoi con un movimento incomprensibile la faceva roteare e scivolare via, un'altra perla la sostituiva e lui la sfregava per qualche momento e ricominciava tutto.

La ragazza passò la tovaglia di carta sul tavolo e aprì il blocchetto delle ordinazioni e Lorenzo chiese uova, spremuta e caffè. «Niente zucchero e il latte a parte» disse la ragazza sorridendo, poi fece un movimento con la testa e si allontanò. Lui guardava lo schermo del telefono ancora spento. Il vecchio si mosse con il busto verso il tavolo, poggiò un gomito e aprì la mano verso la radiolina, mosse la manopola, cercando di sintonizzare meglio la musica. Per qualche minuto fu come se il ronzio della testa si stesse abbassando, poi fu scosso da un'ombra. Marousa era comparsa all'improvviso con un vassoio. Era lì davanti e teneva gli occhi puntati sul tavolo e gli oggetti che posava sul tavolo: il piatto con le uova, la cesta del pane, la tazza di caffè, il bricchetto del latte e il bicchiere di spremuta e un bicchiere d'acqua. Stava attenta a ogni movimento, guardando che il vassoio non si spostasse da dove lo aveva poggiato, sull'angolo del tavolo, poi quando fu vuoto fece come una mossa con le spalle, socchiuse le labbra, guardò negli occhi Lorenzo e sorrise in una specie di lontanissimo gridolino quasi impercettibile, scosse di nuovo le spalle e si allontanò. La vide piccola mentre passava sulla soglia della taverna, il vecchio Gavros immobile, lei leggera nel suo passo di vecchina minuta.

«Niente più meltemi, festeggiamo» fece al vecchio alzando un braccio come a brindare.

«Ah no, eh» disse Gavros, e mosse la mano poggiata sul tavolo. «No finito, eh! No finito meltemi. Ancora ancora. Oggi ancora. Domani forse niente».

«Be', ma adesso è debolissimo».

«Sì, sì, ma presto. Un'ora, due ore, più vento».

«Davvero?»

«Sì, sì. Pochi pescatori oggi, barche piccole niente, eh!».

Lorenzo intinse la forchetta sul tuorlo. Guardò il vecchio. La camicia chiusa fino all'ultimo bottone e la radiolina accanto e il *koboloi* in mano. Quando parlava, non cambiava mai espressione e teneva gli occhi fermi, puntati sulle scale della terrazza. Continuò a mangiare senza dire nulla. Poi bevve il caffè e si lasciò cadere indietro sullo schienale di legno.

Sul giardino passavano leggere raffiche di vento, mentre saliva le scale della veranda con il pacchetto caldo in mano. Fece pressione leggermente sulla maniglia e dentro era buio e c'era ancora l'aria pesante della notte. Avanzò in punta di piedi nell'oscurità. Poggiò il sacchetto sul tavolino e si avvicinò al letto, prese il libro, rimase fermo, lo poggiò di nuovo e si sedette. Si sfilò i calzoni di tela e la maglietta, entrò sotto le lenzuola e si stese sul fianco accanto a Sara, allungò una mano verso l'anca e la carezzò, fece perno sulla spalla, sentì un dolore acuto ma breve, si avvicinò ancora e le fu dietro, lungo il bordo del corpo, era calda e la pelle era morbida e bruna nella penombra in cui seguiva ogni cosa, le carezzò di nuovo l'anca, la strinse contro di sé e la sentì respirare, chiuse gli occhi, rimase fermo, pensò che avrebbe potuto dormire, rimase lì con gli occhi chiusi, pensò che poteva rimettersi a dormire, nessuno glielo impediva, in fondo non erano ancora le dieci, era vacanza, sentì il fruscio del vento sotto la porta, un rumore nell'orto e voci di donne lontane, sentì sbattere il telo sulla finestrella della cucina, il respiro profondo di Sara, la freschezza del lenzuolo.

Lui russava e Sara cercò di fare in silenzio. Entrò in bagno e vide le medicine fuori, sparse sul bordo bianco dello specchio assieme al dentifricio aperto e gli spazzolini. Guardò fra le medicine, le rimise dentro. Prese la spazzola e si pettinò i lunghi capelli, chinandosi da una parte e dall'altra. Prima di andare a letto doveva essersene dimenticata: erano arruffati, pieni di nodi, il vento era una maledizione per i suoi capelli. Posò la spazzola e si sporse sulla finestrella per guardare fuori. La luce forte del sole e il bianco della casetta nell'orto e il vento che attraversava l'orto. Sbuffò e richiuse la finestra e uscì. Lo guardò con la bocca aperta e la testa riversa sul cuscino. Sorrise e si avviò verso la porta e, mentre poggiava la mano sulla maniglia, vide il pacchetto sul tavolo. Si fermò, lo prese in mano e se lo avvicinò al naso, lo aprì lentamente e guardò dentro. Scosse il capo. Si voltò verso Lorenzo. Russava. Russava a ritmo regolare, un rumore che cresceva in una specie di rantolo. Prese il pacchetto e uscì sulla veranda.

Lorenzo si stirò sulla porta. Sara era seduta sulla panca, la schiena contro il muro di casa, leggeva una rivista, le gambe allungate su una sedia.

«Buongiorno» gli disse, «come stai?»

«Meglio».

«Ma ti sei alzato e ti sei rimesso a dormire».

«Come?»

«Ho visto il cornetto, grazie».

«Sì».

«Ti eri svegliato?»

«Be', non proprio».

«Eri veramente ubriaco eh?»

«Abbastanza».

«Dio se hai russato».

«Io?»

«Certo, tu».

«Ma ora, solo ora».

«No, no, tutta la notte».

«Sara, ma non è possibile».

«Certo, Lorenzo, quando bevi, lo sai, russi».

«Non dirmi che ti ho impedito di dormire?»

«Certo. Un inferno».

«Ah sì?»

«Sì, tutta la notte, un incubo, non ho chiuso occhio».

«Ma stai scherzando Sara?»

«No, amore, non te la prendere».

«Amore cosa? Io non potevo svegliarti».

«Ma non è colpa tua, dai, non te la prendere».

«Ma Sara è impossibile».

«Non è impossibile, hai russato tutta la notte».
«Sara?»
«Se solo bevessi di meno. Potresti cominciare da qui, no?»
«Cosa scusa?»
«Nei tuoi propositi, nei tuoi cambiamenti».
«Cosa?»
«Potresti bere di meno, sarebbe bello».
«Sara?»
«Non ti offendere dai, vieni qui».
Lorenzo la guardò e rimase in silenzio.
«Dai, amore, su, vieni qui».
Fece due passi dentro casa, entrò in bagno, passò la spazzola di Sara sui capelli un po' più lunghi e, mentre si guardava allo specchio, vide gli occhi sgranati, i segni bianchi dell'abbronzatura che saltava sulle pieghe della pelle accanto agli occhi, le rughe sulla fronte. Respirò profondamente. Si vestì di nuovo con le cose lasciate lì poco prima, uscì.
«Vogliamo andare a Loutrò?» disse.
Sara non mosse gli occhi dalla rivista.
«Ieri ho visto che lì si sta bene».
«Ma guarda il vento».
«Ieri sono passato lì, è coperto».
«Dai, Lorenzo, è uguale ovunque, io non ne posso più».
«E quindi niente mare».
«Credo di no».
«Guarda che ieri, passando a Loutrò, ho visto che è coperto dal vento, è molto protetto. Potremmo andare, non c'è nessuno, si sta bene».
«No, grazie».
«È molto bello, Loutrò. C'è il piccolo cantiere, le barche tirate su, non c'è nessuno».
«Davvero, grazie, Lorenzo, non mi va».
Vide l'uscio illuminato dal sole e il suo piede che sporgeva, lì poggiato sul bordo della seggiola di legno, il suo piede che

ballonzolava, si dondolava, si muoveva in una specie di danza continua, come se nulla fosse.

Mentre usciva il caffè, sentì Sara che si alzava.

« Vado al bar qui davanti, sulla spiaggia, mi raggiungi? »

Non le rispose e la vide entrare, poggiava la rivista e si metteva i sandali. Il rumore di una lampo e un fruscio. Non la guardò, si piegò sugli sportelli bassi, tirò fuori una tazzina di porcellana e la riempì di caffè. Lei era in piedi e si tirava i capelli all'indietro guardando verso il muro.

Quando la vide, seduta a un tavolino del bar sulla spiaggetta, davanti a un piattino di tzatziki, pane e qualcos'altro da una parte, si fermò. Rimase sul ciglio della strada polverosa, dietro il muretto che costeggiava la sterrata e respirò e pensò al sapore dello tzatziki che si apriva in bocca e il vino fresco, eppoi la vide che sfogliava una pagina del libro muovendo un po' il viso dalla sua parte e istintivamente si fece indietro. Restò immobile sotto il filo d'ombra frastagliato di una palma, poggiò una mano contro un ramo che frusciava di vento, fece due passi indietro, quindi si voltò sulla stradina e tornò verso casa, vide la ragazza tedesca che passava accanto all'edificio in costruzione e attraversò il giardino. Per qualche secondo restò fermo sulla veranda, poggiato contro la balaustra.

Passò la testa sotto al rubinetto del lavandino e lasciò scorrere molta acqua sulla nuca. Indossò i calzoni di tela e prese le scarpe da ginnastica e s'infilò calze e scarpe. Tirò fuori la bottiglia d'acqua dal frigorifero e la mise nello zainetto, assieme a una bustina con due mele e una pera e la bottiglietta piccola di vino bianco. Cercò la mappa dell'isola e la spinse nella tasca superiore. Aprì il telefono, le scrisse un messaggio. Poi con una penna buttò giù due righe su un foglio e lo posò sul tavolino d'ingresso. Aprì di nuovo l'acqua, inzuppò un fazzoletto e se lo strinse sulla testa. Di sfuggita vide la sua immagine allo specchio. Sei vecchio, disse. Diede uno sguardo attorno per controllare che ogni cosa fosse a posto. Chiuse la porta di casa e s'incamminò sulla sterrata in direzione della montagna.

Per una decina di minuti, costeggiò il dorso del paese. Le stradine partivano dalla sterrata. Erano ancora i sentieri antichi, in gran parte lastricati di ciottoli lisciati dall'uso e protetti sui due fianchi da muretti a secco. S'infilavano tra gli orti, salivano verso l'altro versante del paese, dalla parte di Loutrò, passavano attraverso i muri scrostati delle case. Il caldo delle due bruciava gli odori e il vento era ancora tenue, si sentivano solo le cicale e i ronzii delle mosche. Sudava già, quando si ritrovò sotto l'asfaltata. La percorse per un breve tratto, poi, davanti a un vecchio mulino, prese il ciottolato antico che saliva verso la montagna. La stradina seguiva quello che doveva essere il letto d'un fiume. Era terra riarsa scavata dall'acqua e coperta da polvere gialla. Sui fianchi della via i cespugli erano verdastri ma polverosi e all'apparenza secchi. Appena la strada girò sul fianco di un'altra valle e salì di poco, il vento rimbombò nel letto del fiume in cui scendeva vorticoso e venendogli incontro. Strinse le mani sulle spalline dello zaino, si curvò e tirò dritto. Sulla terra le scarpe dalla suola marcata lasciavano orme precise. Nessuno doveva essere passato di lì da qualche tempo. Camminò per una mezzoretta, prima che la stradina si interrompesse in una salita appena accennata che scavallava oltre un crestone verso il mare. Dalla parte opposta, partiva un sentiero stretto che zigzagava verso la montagna. Il vento era fortissimo e sibilava e, al di là del crestone, salendo, si vedeva il lembo settentrionale dell'isola e il mare che si infrangeva sulle rocce, un mare scuro e schiumoso sotto al sole incandescente. Sentì che il vento sferzava la sua maglietta sudata, così riprese subito a camminare.

*

«Tu punta gli occhi solo sul passo che fai. Non cercare lontano. Questo è il trucco. Guarda». Lo supera e china la testa sui piedi e dice: «Uno due, uno due, uno due. Vedi? Segui il piede, il passo. Guarda solo dove il piede si poggia e alza la testa per vedere dove stai andando. Ma non cercare mai la vetta». La cima della montagna sembra lontanissima e lui suda e ha il fiatone e vorrebbe bere e riposarsi un po', ma non c'è ombra e non c'è nessun posto dove fermarsi e suo padre gli dà un colpetto sulla spalla. «Fidati di me. Guarda la cima ora. La vedi bene com'è? Da adesso punta gli occhi solo sui tuoi passi, dietro a me, finché non te lo dico io. Quando te lo dico, guarda la vetta, vedrai che è diventata vicinissima, molto più vicina. Pronto?» Si muove, fa quattro passi e suo padre gli dà uno schiaffetto sulla nuca. «Ascoltami, ti ho visto sai?» gli fa, e si abbassa sulle ginocchia. Ha il volto bagnato e lacrime di sudore scendono sulle tempie. «Qui fa caldissimo, Lorenzo, dobbiamo conservare l'acqua e stare tranquilli. Per questo non ho portato Martina. Se tu guardi la cima non arriveremo mai. Non guardarla, capito?» Gli fa segno di sì. «Guarda solo i tuoi passi, piano piano, un passo dopo l'altro, poi vedrai la sorpresa. Andiamo?» Calcò il piede sul sentierino che si perdeva fra i cespugli. Il percorso di cui gli avevano parlato non era così chiaro, e qua e là accenni di vie secondarie si allontanavano tra i rovi. Era il cammino delle capre che da qualche parte dovevano essersi nascoste, capre semiselvatiche, protette da alberelli di lentisco o all'ombra dei cespugli di ginepro che si gonfiavano in larghezza. Lorenzo saliva lentamente. Il vento era sempre forte ma sembrava in parte bloccato da uno sperone di roccia che si stagliava verso nord, e la fatica e il caldo facevano il resto. Quando la cima del monte diventò più nitida e lui vide chiaramente il sentiero, decise di fermarsi. Si guardò attorno e l'unico albero che creava un po' d'ombra era lontano un centinaio di metri. Passò con attenzione fra le matasse di spinaporci quasi secco che scintillavano argentee e scheletriche come reticolati paradossalmente gonfi. Il terreno era duro e polveroso sotto le corone di spine di euphorbia acanthothamnos che giravano su se stesse in una trama inestricabile. Vide uno stelo di finocchiella e lo strappò via e lo portò con sé, smosse con il piede un bulbo secco di giglio di mare, tirò dritto sempre attento a non ferirsi. L'albero piegato dal meltemi era aperto su una specie di piazzaletto terroso dove già molti prima di lui dovevano essersi riparati. La terra era fresca e scura e si sedette, dopo averla spianata con la mano tesa. Il fruscio del vento era più lontano, l'albero lo proteggeva dal sole e dal vento e c'era come una calma assoluta. Guardò giù verso la sterrata da dove era salito. Sembrava stretta, minuscola e il mare a sud non si vedeva più da moltissimo, ormai, e quello a nord, solo in una strisciolina dietro un avvallamento verso Naxos. Si stese per riprendere le forze e rimase fermo una decina di minuti, ascoltando i rumori della calura. Poi tirò fuori l'acqua e una mela e intanto accese il telefono. Dopo poco cominciarono a ballonzolare due tacche e sentì il messaggio che vibrava, poi subito un altro e un altro ancora. Era Sara che gli scriveva di venire al bar, lo aspettava per mangiare, in montagna sarebbe potuto andare dopo pranzo. Di nuovo Sara che chiedeva perché avesse spento il telefono, era dispiaciuta, gli augurava di fare una buona camminata. Eppoi c'era Lucio che gli chiedeva come stesse e come andassero le cose con Sara. Lasciò il telefono da una parte addentando la mela. Mangiò guardando i cespugli gonfi di spinaporci: alcuni erano rossastri, altri giallognoli, altri ancora quasi bianchi. Si stese di nuovo e, dopo qualche minuto, richiuse tutto nello zaino e s'incamminò verso la cima del monte. Erano quasi le quattro. Calcolò che in un'ora sarebbe arrivato.

*

Il bianco del marmo antico brillava sotto il sole. C'erano lunghi steli di fiori bruciati di onopordum da una parte e un muretto dietro. La casa l'aveva vista subito, appena voltata l'ultima curva, prima di arrivare sotto alla cima del monte dove il monastero era come bloccato tra le rocce. Erano due mura di pietra circolari, chiuse davanti da un cancelletto di legno sbilenco sul fil di ferro. Sicuramente qualcuno veniva ancora a portarci le capre. Dietro al rudere della vecchia casa stava l'antico sarcofago, bassorilievi di ragazzini danzanti sul lato esposto al sole e strani animali sulla parte rivolta verso il muro a secco. Si fermò, tirò fuori un blocchetto e cercò di disegnare i corpi dei ragazzini che danzavano e la forma degli animali, le teste di rapaci e il becco affilato e i corpi sinuosi. Faceva caldo lì seduto in terra, senza vento, protetto dal sarcofago. Guardò la terra arida e la vegetazione secca che adesso sembrava scintillare di riverberi metallici fra il verde acqueo dell'elicriso. Si alzò e riprese a camminare fino al punto più alto del sentiero. Girò attorno alle mura del monastero. Era chiuso, non c'era nessuno, il vento era fortissimo. Oltre un terrazzamento che un tempo doveva aver protetto un orto, il sentiero prendeva a scendere sul versante settentrionale dell'isola. Si vedeva il mare mosso, la spuma bianca contro le rocce e il mare nero al largo percorso da striature biancastre e una spiaggetta piccolissima fra le rocce strette, la sabbia su cui si scaricavano onde bianche di spuma e legni e oggetti portati dal mare. All'orizzonte c'erano isole che non seppe riconoscere. Dalla parte a sud molte altre isole, ma non perfettamente visibili, quasi trasparenti nel cielo diafano. La calura offuscava tutto. E il vento era troppo forte per fermarsi a lungo: faceva freddare il sudore, era uno schiaffo che dava i brividi. Si sentì sradicato, senza patria. Controllò l'ora, si guardò ancora una volta intorno, poi tornò giù verso il sarcofago e si mise a sedere coperto dal muro del pastore, dove c'era abbastanza ombra. Bevve lunghi sorsi di acqua, tirò fuori la bottiglietta di vino, tolse il tappo e se la portò contro il naso, inspirò, alzando la bottiglia verso il sarcofago, disse: «Salute» e rise, e tirò giù un sorso di vino come faceva suo padre, chiudendo gli occhi mentre beveva e facendo un gran respiro prima di riaprirli.

Dormì qualche minuto, ascoltò gli insetti, ronzii di ogni genere, movimenti velocissimi di lucertole fra le pietre, l'impressione che gli steli giallastri dell'erba si rianimassero. Quando si alzò per cominciare la discesa erano le sei passate, e il sole iniziava a calare e la terra era come immersa in una luce densa che sembrava si potesse raccogliere in un cucchiaio. Si chinò su una pianta che era come vellutata, strappò una fogliolina e se la passò fra le dita, poi la portò al naso. L'odore era fortissimo: salvia, ma quasi biancastra, con leggere venature verdognole. La tenne contro il naso. Salvia. Vide sua madre che la metteva a seccare in barattoli di marmellata: era in casa, lì, certo, dov'era Irma? Non se ne occupava lei. C'era solo sua madre e lui l'aiutava, sul tavolo di marmo staccava le foglioline dal gambo per la salvia che avrebbero utilizzato la sera stessa. Il resto lo posavano con cura nei barattoli e li lasciavano aperti, tutti in fila. Sentì l'odore di quella salvia selvatica, biancastra, cercò intorno altri cespugli ma non ne trovò, quindi s'infilò la fogliolina in tasca e ricominciò a scendere.

Il filo sulla veranda era vuoto. La porta era chiusa e, dentro, il letto era ancora sfatto e il cucinino era pulito e non c'era niente di particolare in giro. Poggiò lo zainetto da una parte, si svestì, si mise il costume e uscì di nuovo. Era zuppo di sudore. Percorse la stradina fino alla piccola spiaggia, il bar era quasi vuoto, c'era una musichetta bassa e poche grida di bambini che giocavano. Andò dritto verso il mare e si tuffò nell'acqua fredda che sembrava incolore, sotto al cielo che cominciava a perdere luminosità, la sabbia compatta del fondale e il sole bassissimo, quasi scomparso tra l'isola sacra e Naxos. Nuotava sottacqua, sfiorando il fondale grigiastro, buio, tornava su e si immergeva di nuovo, poi arrivò alla fila di minuscole boe che segnavano il limite oltre il quale erano ancorati i gozzi dei pescatori. Si aggrappò a una cima e rimase a galleggiare supino. La corda ruvida bagnata fra le dita, l'acqua che gorgogliava nelle orecchie, il silenzio rotto da un motore di barca lontanissimo. «Devi calmarti» disse. «Pensa solo a te, pensa solo a te, Lorenzo».

«Io non ti ho detto nulla» fece lui, e poggiò il tovagliolo sul tavolo.

«Invece forse potresti».

«Cosa vuoi che dica?»

«Io non sono te, non lo puoi chiedere a me».

«Ecco, allora se lo chiedi a me, sai cosa c'è? Io non dico nulla. Me ne sono andato, ho fatto una passeggiata bellissima, non ho chiesto niente a nessuno, non ho rotto i coglioni a nessuno, semplicemente me ne sono andato, capisci? Saresti venuta? Rispondimi. Saresti venuta?»

Non rispose, mise i piatti uno sopra all'altro e entrò dentro.

«Ecco. Parlo e lei se ne va. Allora cosa mi chiedi? Perché mi fai domande?»

I lumini erano accesi nel giardinetto e Sara aveva messo due candele anche sul loro tavolo e aveva preparato la pasta e il sugo, un sugo di pomodori freschi, con il basilico che le aveva dato Grigoris, perché era stata lì nel pomeriggio, alla Pensione Kifinas, e tornando aveva comprato una bottiglia di retsina. «La tua retsina» aveva detto, e lui per un attimo l'aveva guardata come se fosse un altro tempo e aveva aperto le braccia mentre lei sorrideva e sbatteva le uova per la frittata con le zucchine.

«Io penso che tu possa parlare di più» disse mentre tornava fuori.

«Hai ragione. Parlo poco».

«Perché? Non capisco. Perché?»

«Sara, non mi sembra che ti interessi».
«Ma lascialo dire a me, no?»
«Giusto. Allora te lo dico subito: mi sembra assurdo annoiarsi qui».
Lei scrollò le spalle e versò della retsina nei bicchieri.
«Ti lamenti di tutto, Sara, e a me sembra assurdo».
Sbuffò: «Ma lo vedi anche tu com'è, no?»
«Sara, non è colpa mia se c'è vento, non è colpa mia».
«Lo so, ma è insopportabile, lo capisci o no?»
«No, no, non lo capisco. Sono altre le cose insopportabili. Il vento c'è, cazzo, che devo dirti? C'è vento, siamo in Grecia, esiste il meltemi. Dimmi: cosa posso farci?»
«Niente, non ti ho chiesto niente».
«Questo è il vento greco, siamo in Grecia, lo hai capito».
«Sì».
«È grazie a questo vento che tutto è cominciato».
«Cosa?»
«La nostra civiltà, Sara».
«Ah sì?»
«Sì. La nostra civiltà nasce qui. La democrazia, la scienza, la storia, la medicina».
«Insegnami».
«Certo, insegno. È grazie al meltemi, perché è un vento di bel tempo, Sara, un vento che non alza il mare. Tutto merito del meltemi se i Greci navigavano tanto. In Italia, ci sono le tempeste e le tempeste sì che sono pericolose».
«Ma che dici?»
«La Grecia è nata sui commerci con l'oriente. Si poteva navigare senza tempeste, si navigava molto. Perché il meltemi era forte ma non alzava il mare. Gli scambi con l'oriente, Sara. La filosofia. Tutto nasce grazie al meltemi».
«Addirittura. Grazie della lezione».
«E basta allora, no?»
«Cosa?»

«Basta con il vento».

«Giusto».

«Ecco. Allora potremmo stare bene? Divertirci di più? Stare più tranquilli? O qualsiasi cosa deve essere segnata dal fatto che qui c'è vento?»

Sara lo guardò senza dire nulla.

«Non possiamo stare bene al mare, fare il bagno insieme, mangiare, girare per l'isola, chiacchierare la sera, tutto in santa pace?»

«Lorenzo, al mare non riesco a starci, tutto qua».

«Non riesci».

«Mi annoio».

«Ecco».

«È colpa mia se mi annoio? Ingoio noia in continuazione, sto zitta, non ti dico nulla, ma mi annoio».

«Ingoio noia».

«Sì, ingoio noia. Vorrei fare qualcosa di divertente, leggero».

«Ma che vuol dire? Cosa?»

«Dio» sbuffò aprendo le braccia, e guardò in mezzo al giardino, «non c'è niente da fare qui, non lo capisci? Se penso alle mie amiche, adesso, tutte insieme, tutte insieme a divertirsi».

Lorenzo si alzò di scatto.

«Allora vacci, vai con le tue amiche del cazzo».

Fece tre passi dentro la stanza, sbatté contro la porta, entrò in bagno, aprì l'acqua e si sciacquò la faccia. Tornò indietro veloce.

«Che cazzo vuoi da me, Sara? Che cazzo vuoi da me?»

Lei non si mosse, era seduta lì e guardava in mezzo al giardinetto, nel buio.

«Perché stai con me? Perché sei venuta con me? Eh? Rispondi».

Si avvicinò e la scosse per una spalla.

«Non mi toccare» disse senza guardarlo.

«E allora rispondimi porcoddio». Si tirò su e diede un pugno contro lo stipite della porta. «Pochi giorni fa è morto mio padre, te ne sei accorta o no? Te ne sei accorta o no?»

Sara rimase immobile.

«Io voglio solo riposarmi e stare con la persona che dovrebbe volermi bene, vorrei solo riprendermi, riposarmi, cazzo, ma lo capisci o no?» Poggiò le mani sul tavolo e si piegò per guardarla. «Mi rispondi?» Era rosso in viso, cercava di non urlare, parlava con foga ma cercava di non urlare. «Non ti chiedo nulla, io. Non ti chiedo di stare sempre con me. Non ti obbligo a nulla. Me ne vado per conto mio, ti lascio fare quel che vuoi. Ma cazzo, voglio solo stare tranquillo». Alzò le mani aperte davanti a lei, con gli occhi sbarrati.

«Lo so che è morto tuo padre, Lorenzo, mi dispiace, lo sai. Mi dispiace. Mi dispiace. Mi dispiace. Però non posso neppure pensarci in continuazione».

«Certo, nessuno te lo chiede. E non è un ricatto questo».

«Ecco, lo so, mi dispiace, ma forse è troppo pesante per me».

«Che vuol dire pesante?»

«Non so, è dura stare con te ora».

«Certo, sono noioso no? Pesante? Faticoso? Certo, è questo. Mi dispiace, dio mio, mi dispiace che non sono felice e non sono leggero e non festeggio ogni sera questa bella estate».

«Oh, dai».

«Dai? Dai che? Dai che, Sara?»

«Dai, stai tranquillo».

«No, non sto tranquillo, non sto tranquillo. Voglio stare bene».

«Certo, lo so».

«E cosa dici allora? Vuoi stare con qualcuno che sia leggero? Che non abbia i pensieri che ho io? In qualche posto dove ci si diverta e basta? Bene, questo non sono io, non è qui, non è ora».

«Lo so, purtroppo».

«Ecco, purtroppo. Purtroppo».

La guardò scuotendo il capo, respirava a fatica, lei teneva gli occhi puntati sul giardinetto e sulle candeline tremolanti dietro il vetro.

«Eppoi vorresti sposarti tu, vero?» Si sedette e prese un pezzo di frittata tra due dita. «Lei vorrebbe sposarsi in chiesa addirittura, figuriamoci! E che rispondi al prete quando ti dice che starai insieme a me nella gioia e nel dolore? Che gli rispondi? Dimmelo».

«Oh, Lorenzo».

«Il prete poi. Figuriamoci. Lei vorrebbe il prete».

«Lorenzo».

«La cerimonia, sì. Solo perché non sopporti che io sia stato sposato, solo per quello. Devi avere tutto, tu. Devi avere di più. La chiesa, ecco. La chiesa, non il comune. Così tu hai avuto di più, no? Ma di me? Di me cosa t'importa?»

«Sei ridicolo».

«Cosa scusa?»

«Sei ridicolo, Lorenzo».

Si alzò, prese il bicchiere e lo tirò verso il retro della casa in costruzione, si sentì il rumore dei vetri che si rompevano e lui rimase fermo, ansimante.

«Bravo» fece lei, «sei contento ora?»

«Vaffanculo Sara, mi fai schifo. Sai cosa c'è? Mi fai schifo».

Entrò dentro, prese il portafogli e il telefono e se ne andò attraverso il giardino buio, di corsa, il più veloce possibile, cercando di fare di tutto per non essere preso dai demoni che lo richiamavano indietro.

All'ingresso dell'emporio, sullo stipite della porta era fissato un gancio da cui scendeva un'enorme treccia di cipolle. Dentro, la luce era fioca sulle pareti coperte da ripiani zeppi di pacchi in vendita, stipati alla rinfusa. In fondo alla sala vedeva l'uomo dietro alla cassa, le fotografie ingiallite appese sul muro intorno e i foglietti di carta sparsi sulla scrivania su cui appuntava i prezzi, calcolava i totali e faceva strani segni prima di ordinarli da una parte e aspettare i soldi: teneva lo sguardo basso sugli occhiali da astigmatico. Dietro l'uomo, oltre un divisorio di legno, per metà aperto, due donne si affaccendavano in cucina. I tavolini fuori si stavano svuotando. Lorenzo era seduto al tavolo d'angolo e teneva il braccio sul tronco del fico che copriva gran parte della terrazza e seguiva la partita di backgammon al tavolo a fianco e beveva.

Alzò la mano e fece segno alla ragazza che ormai serviva soltanto chi fosse in cerca di metaxa, rakì o whisky. I turisti fumavano davanti ai resti della cena. C'era un'aria calda. Il mare era calmissimo e lui guardava verso la spiaggetta, pensando che Sara potesse apparire all'improvviso.

«Il padrone crede che le cipolle allontanino il male» disse la ragazza abbassandosi verso di lui.

«Come?»

«Non farti vedere che l'hai toccata, non la vende» disse lei indicando con gli occhi la mano di Lorenzo.

Lui si ritrasse. Teneva in mano un pezzetto di buccia di cipolla secca. La lasciò cadere sbriciolandola.

«Per lui non è l'aglio come in Italia».

«Ma parli italiano».

«Sì certo, sono mezza italiana, mia madre è italiana».

La guardò allungandosi verso il bicchiere. Lei alzò il viso, mise il bicchiere vuoto sul vassoio e si allontanò. Camminava attraverso i tavoli e rideva con i vecchi e svuotava i posacenere e rientrava dentro con il vassoio carico, i capelli rossastri crespi radunati in una specie di ciuffo e l'abbronzatura forte, terrosa e dai riflessi chiarissimi, come se il sale fosse parte del colore della pelle.

Lorenzo versò l'acqua nel bicchiere di ouzo e il liquido denso si aprì in una nuvola biancastra, poi il bianco lattiginoso venne su in superficie e si amalgamò mentre i cubetti di ghiaccio scivolavano dentro e lui scuoteva il bicchiere facendolo tintinnare.

Percorse la strada verso il porto insieme a macchine e pickup. Il boato echeggiò ancora dal mare nero. Ragazzini correvano appresso a un pallone saltando oltre le reti gialle distese lungo il bordo della strada. Sul molo c'erano vecchi che parlottavano fra loro. Il bar-agenzia del porto era aperto e una donna strappava biglietti per il traghetto che arrivava dal Pireo due volte alla settimana, all'una di notte. Lorenzo si allontanò dalla calca in attesa, prese un viottolino sul campo che si apriva oltre il bar e in un attimo era nel buio della notte rischiarato dalla luna. Si vedeva quasi tutto e si sentivano i grilli e c'era odore di erba, un odore aspro di timo selvatico. Si andò a sedere su una roccia sbilenca e guardò il mare nero che aveva preso un riflesso luminoso. Dalla roccia che sulla destra calava nel mare, all'estremità dell'isola, cominciarono ad apparire le luci. Era una girandola di lumini che segnavano i piani del traghetto man mano che avanzava in mare. Si vedeva la gente sul ponte. Un boato suonò di nuovo, l'aria tremò e il mare sembrava muoversi in un'improvvisa assenza di vento.

Vide dal ponte un marinaio che gettava la palletta e sul molo un vecchio che la raccoglieva, tirava la cima in gran fretta e la passava attorno alla bitta sull'angolo del molo. Il motore della nave cambiò improvvisamente rumore e l'acqua cominciò a gorgogliare sulla prua mentre la nave girava, si raddrizzava, facendo perno sulla cima tirata e sull'ancora gettata in un rumore di ferraglia. Un'altra palletta rimbalzò sul molo e sempre lo stesso vecchio la raccolse e girò la cima intorno all'altra bitta, intanto il becco della nave si apriva. Si sentivano grida, ordini, comandi, imprecazioni. Rimbombo di automobili che si accendevano e saluti, mormorii, gente che scendeva con lo zaino in spalla e ragazzi che si abbracciavano e donne che dal molo alzavano cartelli e casse che venivano sbarcate. Il via vai continuò per qualche minuto, poi le operazioni ricominciarono, si sentirono altre imprecazioni, le cime vennero liberate e la nave riprese il largo, in un altro boato che fece tremare ogni cosa illuminando il mare di riverberi tremanti nel nero appena increspato, davanti all'isola disabitata.

Sulla strada del molo, sotto all'emporio, vide di nuovo la ragazza che lo aveva servito. Salutava le donne della cucina che insieme a un vecchio ammonticchiavano i tavoli in un angolo. Le passò accanto mentre lei s'incamminava verso la spiaggetta e la salutò.

«Un altro ouzo?» chiese la ragazza.

Rise.

«Un altro? Davvero», camminava accanto a lui e metteva qualcosa in tasca.

«No, basta, basta».

«Bravo» gli disse. «Eppoi, guarda» fece abbassando la voce, «guarda che l'ouzo dell'emporio è veleno».

«Cosa?»

«Non hai idea. Non dovresti berlo lì, ma al bar sulla spiaggia, è molto meglio».

«Non ci vado mai a quel bar».

«Perché?»

«Non so. Stamattina stavo per andare poi non l'ho fatto».

«Vieni adesso».

«Adesso?»

«Sì, mi faccio una birra, sono stanca. Vieni anche tu».

Le fece un cenno sorridendo e guardò la stradina sterrata e immaginò la veranda a poche decine di metri, oltre il giardinetto, pensò alla veranda e alle candele che ora dovevano essere spente.

*

C'erano due tavolini sulla sabbia. Il bar era chiuso, ma lei conosceva tutti e prese la birra dal frigo mentre dentro due uomini pulivano in terra e mettevano a posto dalla serata. Prese un ouzo per Lorenzo, accese una sigaretta.

«Anna, Anna» le fece una donna rientrando. Lei si alzò e la baciò. Disse qualcosa in greco e intanto si sciolse i capelli ricci biondo rossastri e mosse il volto sorridendo ancora alla donna. Sedendosi si passò le mani dietro la nuca e infilò l'elastico al polso. Gli raccontò di Salonicco, dove era andata a vivere con suo padre che era tornato nella sua città dopo una vita in Italia. Gli disse dell'isola, di quando veniva da bambina, ai tempi in cui non esisteva ancora il campeggio e c'erano solo stranieri e la luce elettrica non era arrivata e i suoi genitori passavano l'estate lì, accampati sul grande golfo a nord, quella specie di grande anfiteatro che era la spiaggia di Porì, la più esposta al vento. Quando ce n'era troppo costruivano muretti dietro la fila di alberi di lentisco deformi per il meltemi. Erano anni incredibili e per lei tornare era stata un'emozione fortissima. Disse che l'ultima estate era ormai sette anni prima e quando stavolta era arrivata, a giugno, all'inizio aveva avuto voglia di ripartire subito. Tutto era cambiato, i bar, le case costruite sulla valle che scendeva a Porì, la taverna di Livadi, e la strada asfaltata che aveva coperto per sempre un ciottolato antichissimo. Troppe cose erano scomparse, però restava una specie di magia, come se nell'isola ci fosse qualcosa di inesprimibile e potente, un'anima che altrove non aveva mai sentito. Lui anche diceva lo stesso. Le raccontò della prima volta che era venuto con il vecchissimo *Skopelitis*, lei rideva, se lo ricordava bene quel barcone. Le disse delle spiagge che aveva visto al mattino, partendo all'alba da Amorgos, dell'idea che lì si potesse trovare qualcosa che non c'era più. La prima stanza dove era stato, in una casa che adesso era diventata un hotel di lusso, poi quel magazzino con una finestrella minuscola che affittavano sul porto, fino a quando aveva saputo della ragazza tedesca, le sue casette meravigliose proprio lì dietro, gli altri due anni che era venuto, e ora. E ora lei gli chiese se voleva andare a farsi un bagno e Lorenzo si sentì avvampare.

Camminarono oltre Loutrò. Passarono per la strada che tagliava il lembo di terra dove era il cimitero e scesero su una sterrata che si allontanava dalla strada principale.

«Non sei mai venuto qui?»

«Mai» disse lui, «pensavo fosse privato».

«Sì, probabilmente è così. Ma io ci sono sempre venuta lo stesso. Vedrai».

La luna era scomparsa dietro la cresta di terra mentre scendevano nel canalone, sulla stradina in parte corrosa dall'acqua che doveva venire giù d'inverno. Da qualche parte comunque l'acqua scendeva anche d'estate, probabilmente s'interrava in qualche passaggio sotterraneo, perché la vegetazione era improvvisamente rigogliosa, come in una piccola oasi. C'erano eucalipti e ulivi, oleandri, palme e fichi, eppoi qua e là piante di agave, alcune in fiore.

«Incredibile» ripeteva Lorenzo.

Anna gli faceva segno di camminare. Andava dritta giù veloce, lei, come se potesse camminare a occhi chiusi. L'aria era calda e si sentiva il fragore delle onde e, superata una curva, la strada diventava pianeggiante e lontano scintillava il mare. Passarono tra le tamerici, l'odore di timo e di inula viscosa, finché non si vide la casa, una macchia di bianco opaco nella luce lunare. Era una costruzione stretta, a un piano, che correva sul lato destro del canalone. Il fianco coperto dalla cresta di terra che risaliva era immerso nel buio, ma a guardare bene c'erano filari di vite ordinati su piccoli terrazzamenti. Dall'altra parte c'era una tettoia che copriva le porte e le finestre di legno dipinto di celeste chiaro, e canne secche intrecciate sul terreno per proteggere un piccolo orto.

«Vieni» disse lei a Lorenzo che era rimasto fermo a guardare la casa. Avanzarono verso una spiaggetta sottile di sabbia chiara, un piccolo molo di cemento sul fianco del golfo strettissimo.

«Le barche le mettevano lì, capito? Inizialmente era una specie di deposito, una darsena. Poi ci hanno fatto casa. Adesso non c'è più nessuno. Vieni».

La luna era ricomparsa sulla sinistra e si vedeva benissimo l'isola sacra davanti e nient'altro, nessun'altra luce. Anna si sfilò la maglietta. Lui vide il seno rotondo, scuro, e la pelle rischiarata dalla luce lunare e i riflessi argentei sul fianco. Non si mosse. La guardò mentre con due dita tirava il legaccio dei pantaloni di tela che le scendevano giù sulle gambe brune, vide il seno tremare e il bacino di pelle solo leggermente più chiara, senza nessun segno del costume, sull'incavo nudo e una peluria appena accennata tra il filo delle anche ampie che si perdeva nel buio. Rimase ancora un attimo a guardarla come se la sua pelle fosse così calda da poter emettere da un momento all'altro una nuvola di vapore. Lei lo guardò piegando un po' la testa da una parte. Velocemente Lorenzo si tolse la maglietta e i calzoni, li lasciò lì da una parte e, nudo, si avvicinò a lei e la sfiorò tremante. «Ciao» disse in un soffio Anna. Lui passò le labbra vicinissime al suo collo senza baciarla, solo in un movimento morbido, intanto con una mano le carezzò il fianco, salì verso il seno sfiorandola, e si sentì così forte che si avvicinò ancora. Poi all'improvviso la prese per mano e la portò verso riva. Si tuffò in acqua e nuotò sotto per qualche metro, nel mare nero, poi riapparve e la aspettò.

Anna nuotava verso di lui e quando gli fu vicina Lorenzo le girò le mani attorno ai fianchi, strinse le natiche tra le mani, salì sulle anche e verso i seni e la baciò violentemente. Le morse il collo e la spalla e sentì il sale tra le labbra, la lingua bagnata e il collo bagnato e la strinse ancora di più contro di sé, premendo contro il seno forte come di un animale nel pieno della vitalità. Mentre lei sospirava, infilò la testa sottacqua, la baciò ancora con violenza, spinse le labbra sull'ombelico e più giù divaricandole le gambe eppoi tornò fuori inspirando e lei gemeva e lui ricominciò a passarle la lingua sul corpo, ovunque, fin sotto le ascelle bianche e, mentre lei lasciava cadere la testa all'indietro, la prese con una mano tra le gambe.

Girarono attorno alla casa. Passarono sul retro, nello spazio strettissimo fra il muro e il primo terrazzamento su cui erano coltivati pomodori tra i filari di vite.

«Non si riesce».

«Ma non importa, Anna».

«Devi assolutamente vedere».

Spingeva cercando un punto fra le imposte su cui la vernice era in parte scrostata. Con l'indice e il medio saliva lungo il filo in cui le due imposte s'incontravano e cercava di far leva bloccando l'altra anta con la mano aperta.

«Le conosco benissimo».

«Cosa?»

«Qui, le finestre, sai quante volte ci sono venuta?»

«Brava» disse lui, «con quanti uomini?»

Si sentì un rumore e una delle imposte si aprì.

«Ecco. Dammi l'accendino ora».

Fece luce, scavalcò e entrò dentro. Da fuori si vedeva il chiarore allargarsi sul pavimento bianco di una stanza qualsiasi, semivuota. Anna si piegò e fece scattare qualcosa, poi accese una luce fioca.

«Vieni dentro».

C'era un lettino stretto addossato alla parete e un'icona attaccata al muro sulla testa del letto, poi un piccolo mobile vuoto, un tavolino addossato all'altra parete con fotografie in bianco e nero e alcune a colori, sbiadite.

«Guarda» disse lei, «questo era il padre del vecchio Gavros, dove vai tu a mangiare».

«E tu che ne sai?»

«Tutti sanno tutto, qui, Lorenzo».

«Davvero?»

«Questa era la casa del padre di Gavros, un pescatore, quello che poi aprì la Pensione Kifinas, l'hai visto il cartello, no? Antonios Sr. Il *proprietor*, come c'è scritto sull'insegna».

C'era odore di muffa e di umido e di coperte stantie. Vide i suoi occhi bianchi nella penombra e il viso scuro, le labbra e i denti bianchi. Le si avvicinò. Lei si mosse verso il letto.

Passava una mano lungo il solco dell'ascella bianca, su verso il gomito. Anna teneva gli occhi chiusi.

«Non capisco, Lorenzo. Credevo che la storia la conoscessi».

«No».

«Ognuno ne racconta una versione diversa, ma il succo è quello».

«Quale?»

«Marousa ha smesso di parlare per punire il marito».

«Ma io credevo fosse sorda».

«In parte lo sarà, certo. Alcuni dicono che sia una donna strana. Ma un po' strana lo è di sicuro, no? Non dev'essere semplice per una donna di qui sopportare tanto. Gavros non la tradiva con una qualsiasi».

«Che vuoi dire?»

«La storia che piace a me è questa. Un giorno sbarca questa donna vestita di bianco. Erano gli anni Sessanta, forse era l'entusiasmo per il film, *Zorba il greco*. Lei era un'attrice rumena che viveva a Parigi. Adriana. Credo avesse interpretato film di secondo piano. Ma era comunque bellissima. Come una dea.

Vestita di lino bianco. Qualcuno le tiene la mano mentre scende sul molo e gli uomini sono impietriti. Gavros era l'unico che avesse girato il mondo, conosceva qualche lingua: marinaio, non pescatore come il padre. Era andato in Italia, di sicuro, parla ancora l'italiano, no? Ecco. Era un seduttore. Io me lo ricordo, sulla veranda della Pensione a fare il baciamano alle ragazze, a raccontare storie, prima che gli proibissero il vino e diventasse anche lui silenzioso, quasi muto».

«Anche io me lo ricordo».

«Ecco. Forse la conquistò subito. Era un bell'uomo, magro, forte, scuro, gli occhi pieni di fuoco. Sicuramente la portò qui. Per questo la casa è deserta, nessuno ci torna, nessuno vuole prenderla, né ricostruirla, né venderla. C'è solo l'orto, lo cura una contadina qui vicino. Nient'altro. La casa non è più di nessuno. Qui vennero Gavros e Adriana. Non so per quanto tempo. Certo è che, dopo, Marousa non ha più parlato».

«Ma non sembra vera, sembra una storia inventata».

«E invece è così. Forse si sono rivisti, negli anni. Questo non lo so. Forse si sono incontrati di nuovo. Quel che è certo è che lei ha continuato a scrivergli. Gli scrive ancora, sai? Ne sono sicura perché lui non legge il francese e ha chiesto a un ragazzo che passa qui l'estate di tradurgli quel che scriveva».

«E che scriveva?»

«Niente. Saluti, affetto, speranze. Niente di particolare».

«E Marousa?»

«Quando arrivano le lettere, Marousa si rinchiude nella sua stanza. Ma poi torna sempre. Più allegra di prima. in fondo è lei che ha vinto».

«Vinto?»

«Lei sta bene, felice, con i nipoti. Gavros è triste».

«E tutto è tranquillo?»

«Tutto tranquillo sull'isola».

«No, davvero. Non ti sembra assurdo?»

«Cosa?»

«La madre che smette di parlare a tutti, anche ai figli. E i figli che crescono bene. Grigoris, il fratello, la sorella. Sono tutte persone straordinarie».

«Sì».

«Anzi, la moglie di Grigoris sembra quasi sua madre».

«Come?»

«Certo, quella ragazza minuta, sorridente. Non sembra Marousa da giovane?»

«Non lo so, non ci avevo pensato. Forse sì, sono entrambe piccole», gli strinse la nuca e lo baciò.

«Pensi che sia sempre così?» disse lui a bassa voce sfiorandole l'orecchio con le labbra.

«Che vuoi dire?»

«Scegliamo le stesse donne dei nostri padri».

«Come?»

«Facciamo lo stesso che hanno fatto i nostri padri».

«Ma no, non credo proprio».

«Forse».

«Ma perché? Com'è tuo padre?»

«Cosa?»

«Che tipo è? Che lavoro fa?»

Si stese accanto a lei e le carezzò il fianco rotondo e la strinse contro di sé, chiuse gli occhi appoggiandosi fra la sua guancia e la spalla, sentì caldo, c'era l'odore della pelle salata e l'odore del sesso, bisbigliò qualcosa, poi cercò di baciarla ancora, di respirare ancora l'odore, poi sentì il suo respiro pesante e vide la luce attraverso la finestra, la luce del cielo percorsa da venature grigiastre brillanti sui filari di vite e il canto dei grilli, il mare che saliva e scendeva e si rompeva sul moletto di cemento, sentì il mare e i grilli e il suo odore e quello del letto.

*

Quando fu di nuovo sulla strada, si voltò indietro e vide che la valletta che aveva sempre conosciuto dall'alto, da lì, immaginando che fosse privata e inaccessibile, ora era diventata improvvisamente diversa: il verde del lentisco alla prima curva adesso era il verde dell'oasi, anche dell'agave in fiore che sarebbe morta fra poco, eppoi c'era il mare, il molo, la casa dove lei continuava a dormire. Fece due passi nel sole già caldo, guardando verso la roccia a picco sul mare, la chiesetta del cimitero piccola e bianchissima e, oltre il lembo di mare, da una parte Naxos, dall'altra l'isola sacra. La sensazione di forza che gli era parso di avere appena sveglio, nei rumori della natura, giù dentro casa, era già scomparsa, scomparsa tutta insieme. Pensò al suo corpo scoperto mentre dormiva, lui che si avvicina coprendola un po' con la maglietta e le parla sottovoce, ma lei continua a dormire. Le fotografie e lei che si assesta sul letto, supina, nuda, le gambe brune che si allargano e lui la vede nella lama di luce del sole e per un attimo vorrebbe chinarsi. La finestra che dà sulla vite e l'odore di orto e il vento basso. «Devo andare» le dice. Lei apre gli occhi ma è come se non lo vedesse: «A dopo, a dopo». Si copre dal sole e si volta dall'altra parte. E mentre lui si veste, l'impressione che ogni cosa sia possibile. Adesso tutto era già come un sogno. Anche l'uscita silenziosa, quando scavalcava e riaccostava le persiane sfiorando la vernice sbozzata sul celeste chiaro delle imposte di legno. Camminando, la forza si era dissolta. La strada era bellissima, a salire, la terra rossastra, gli odori forti, ma in cima, dove riprendeva l'asfaltata, era stato preso da un vuoto sfiancante. Pensò al cimitero, adesso, pensò a Grigoris, a suo padre e a Martina. Riprese a camminare verso Loutrò, faceva caldo e non si sentiva nessun rumore e quando si trovò sul molo di cemento che già scottava si svestì di fretta e si tuffò.

*

In cucina per un attimo è l'Apocalisse. Lo scroscio di porcellana dura qualche secondo e lui guarda Martina e Martina guarda lui e non dicono nulla e non fanno nulla e sentono soltanto le grida: «Sempre solo, sempre solo, sempre solo». È un urlo quasi strozzato, sembra una gallina e a lui viene da ridere e intanto si sente Irma che ripete: «Signora, non si preoccupi, non si preoccupi signora». Il rumore dei cocci adesso è lento, come se li stessero spostando tutti insieme accuratamente, ma Ludovica è già in salotto, attraversa la stanza verso la porta a vetri e non li vede, accucciati dietro la porta nel corridoio. Dà uno strattone alla portafinestra e la apre sul prato assolato. «Sempre solo rimarrai, sempre solo». La vedono che percorre a grandi passi il giardino verso il cancelletto, eppoi esce. Si sente il motore della macchina che si accende. Martina scivola fuori verso la cucina e lui la segue. Irma è china sul servizio da caffè spagnolo che loro padre ha trovato da un rigattiere e di cui ha parlato allo sfinimento. «Dov'è papà?» domanda Martina. Irma continua a spostare i pezzetti su un vassoio e non risponde.

L'acqua di Loutrò era fredda e si sentì rinascere. Nuotò verso i gozzi ancorati vicino alla riva. Strinse una cima e si lasciò andare disteso, chiuse gli occhi, il sole era ancora obliquo e si sentiva lontano qualcuno che parlava velocemente. Nuotò ancora più a largo nel mare calmo e vide il cantiere e il mulino e la stradina che saliva su verso il cimitero.

«Eccoci» dice suo padre rientrando a casa.

«Dove sei stato?» domanda Martina.

«Lavoro lavoro lavoro» fa lui. «Guardate che ho portato».

Fa caldo. Dietro la porta a vetri, la lavanda è percorsa come da una scossa e lui segue il colore metallico che passa fra le foglioline mentre suo padre entra in cucina chiamando Ludovica e si ferma davanti al vassoio coperto dai cocci del servizio di caffè.

Si appoggiò al bordo di cemento del molo che si allungava fin verso il cantiere, strinse in mano uno degli anelli di ferro a cui erano ormeggiati i gozzi e si tirò su, le mutande zuppe scivolavano via e si ributtò in acqua nuotando verso riva.

Si sente l'eco dei passi. È Marianna che attraversa il salotto velocemente, silenziosa, prende il cappotto dall'attaccapanni di legno e si gira una sciarpa attorno al collo. Apre la portafinestra e esce senza voltarsi mentre lui continua a guardarla dal corridoio, in silenzio.

Nuotava sottacqua lungo il bordo del molo dove di sera il bar poggiava tavolini di metallo dipinti di blu e candele e lucine. Guardava i sassi bianchi sul fondale e i vetri scintillanti e le pietre rossastre e i sassolini sempre più piccoli fino a riva.

«Eccoci» fa lui entrando in salotto. Richiude la porta a vetri con uno strattone. «Si muore di freddo eh! Che fai lì Lorenzo?»

«Ma dov'eri?»

«Ah. Siamo andati a caccia».

«A caccia?»

«Certo. A caccia. Di notte si caccia, non lo sai? Be', io ho seguito Gianni, e basta, l'ho accompagnato, io mica so sparare. Ma venite, venite con me. Dov'è Martina? E Marianna?»

«Marianna non l'ho vista».

«Già è uscita?»

Lorenzo non risponde, resta seduto sul divano e sfoglia la rivista.

«Marianna, Marianna» grida allegro suo padre avviandosi verso la stanza.

Restò sul bagnasciuga a guardare i sassi colorati deformi sotto all'acqua trasparente. Ne tirò fuori uno verde che era un pezzo di vetro levigato ormai dal mare, poi un pezzetto rosso, lo stesso colore della terra intorno alla piccola oasi del golfo. Lo guardò scintillare. Prendilo con te, disse. Lo tieni con te. Sbuffò e lo gettò lontano verso il largo e sentì il *ploff* nel mare piatto.

«Eccoci, eccoci, chi c'è? Chi c'è? Venite? Guardate qua che ho portato».

«Ma dov'eri?» fa Martina mentre lui tira dritto verso la stanza.

Uscì dall'acqua e strizzò le mutande e cercò di farsi scivolare via l'acqua dal corpo con le mani come aveva fatto di notte con Anna e si guardò attorno, non c'era nessuno, allora si tolse le mutande e indossò i calzoni e lasciò le mutande bianche al sole e si sedette lì per asciugarsi tirandosi i calzoni oltre il polpaccio.

«Dove sono gli altri? Che succede qui? Forza, forza, venite a vedere».

S'infilò la maglietta e si strinse la testa fra le mani, sentiva di nuovo un rumore che percorreva le tempie in circolo. Fece per andare verso il cantiere, poi tornò indietro e si fermò di nuovo accanto alla casetta chiusa che la sera serviva aperitivi ai tavolini sul mare, lumini accesi che tremolavano. C'era una scritta scrostata sulla porta metallica.

«Eccoci, eccoci. Chi c'è? Prepariamo un pranzo sontuoso?»

Diede un colpo contro la barra di metallo su cui si era poggiato, la barra che chiudeva la porta in un grosso lucchetto arrugginito. Tirò fuori il telefono e lo accese. Cominciò a camminare verso la strada che attraversava il paese.

«E allora? Nessuno ha voglia di un pranzo sontuoso?»

Il telefono vibrò due volte. Aprì in fretta e vide i messaggi di Pietro e di Carolina, solo Pietro e Carolina, tirò un sospiro, li aprì, lesse, salvò, richiuse e s'incamminò sulla salita.

«Guardate, forza, venite. Ieri sera sono stato in un paesino a comprare cose pazzesche».

Una vecchia scendeva portando una sacca sul braccio, ondeggiava sulle gambe tozze, gli sorrise, lui le fece un cenno d'inchino, toccandosi la fronte, tirò dritto veloce. Scalciò una lattina sul fianco del selciato, prese la via principale, e il sole era già alto abbastanza per segnare una riga incandescente sul muro delle case, abbagliando la buganvillea viola sulla veranda del medico e sull'edicola e gli altri negozietti ancora chiusi.

Superò il forno e non entrò, superò la scala che scendeva verso la fontana pubblica, fece altri due passi e si affacciò sulla porta. Era aperto. Guardò la ragazza china sulla scrivania, salutò e lei alzò la testa, le disse buongiorno e indicò lo specchietto degli orari poggiato in bella vista, pagò mentre la stampante entrava in funzione e la ragazza preparava la busta, poi salutò e uscì in fretta.

Passò accanto alla chiesa di S. Giorgio, guardò in alto le bandierine bianche e blu che sbattevano nel vento e i manifesti che spiegavano i dettagli della festa del 15 agosto. Scosse il capo. Cominciò a scendere. L'insegna della posta traballava. Si sentiva leggero. Quasi correva sulle pietre lisce, finché non si trovò accanto alle scale della Pensione Kifinas. Guardò su e vide il vecchio Antonios Gavros seduto sulla solita seggiola, sotto al cuore rosso inciso nel muro bianco, il *koboloi* in mano e gli occhiali aggiustati con lo scotch e la camicia che fasciava la pancia larga e la radiolina gracchiante a basso volume. Vide il telo di plastica gonfio di vento sul fianco del grande terrazzo. Il vecchio guardava davanti a sé, in un punto imprecisato. Lorenzo restò come sospeso per un attimo, gli sembrava di sentirlo respirare, poi riprese a scendere. Oltrepassò il minimarket e girò nella viuzza che non passava per la spiaggia e si snodava attraverso le case, fino all'albero di frutti rossi sparpagliati in terra davanti all'antico lavatoio, rosso rappreso, un rosso appiccicoso. Prese la stradina che scendeva tra gli orti e si ritrovò sulla sterrata e in un attimo fu nel giardino, lo attraversò, non c'era nessuno, salì sulla veranda e tutto taceva e prima di premere sulla maniglia si fermò.

«Eccoci, eccoci, su, dove siete? Forza, guardate qua. Un pranzo sontuoso?»

*

Fece un movimento brusco, entrò, c'era odore di notte, Sara dormiva supina e si voltò subito e cercò di coprirsi il volto. «Amore» disse, «amore ti prego, fai piano». Lui diede un'occhiata al letto sfatto, entrò in bagno, ritornò in camera e aprì le persiane. «Amore, che c'è? Ma dove sei stato? Che è successo? Vieni qui». Gettò la busta sul letto e disse: «C'è ancora vento. Stasera partiamo. Cambiamo isola». Lei si tirò su e sgranò gli occhi. «Prepara i bagagli, hai tutto il tempo per fare ogni cosa con cura. Cambiamo isola».

Volto

Dal fondo del lungo corridoio vuoto, il ticchettio delle forbici si confondeva nello scroscio d'acqua. Era un suono lontanissimo nel silenzio immobile della domenica. Tirò su la serranda e vide la camera da pranzo illuminarsi. Si piegò in ginocchio e spinse con il palmo della mano sull'estremità bassa dello sportello di vetro. Con l'altra mano tirò la chiavetta penzolante. Per un attimo il vetro tremò, si tese nel riquadro di legno, poi lo sportello si aprì. C'era sempre lo stesso odore antico. Infilò la mano sul piano di mezzo, si accovacciò e diede un'occhiata, non vide nulla. Si piegò di più e guardò sul ripiano in basso e lo vide. Veniva su nel suo colore ocra, dietro un caos di brocche e contenitori metallici e portaghiaccio. Li spostò su un lato e afferrò il collo lungo del vaso, sentì fra le dita la ceramica grezza e lo tirò fuori facendo attenzione, poi si alzò in piedi e lo poggiò sul tavolo. Di là le forbici continuavano a tagliuzzare, sembrava il suono di un barbiere. Si affacciò alla finestra. Il palazzo di fronte era attraversato da una linea diagonale d'ombra sull'intonaco giallastro sempre più scrostato, tutte le persiane chiuse tranne su una delle finestrelle minuscole dai vetri smerigliati dei bagni di servizio. Un cipresso e un pino sul fianco e, sul fondo, una macchia di verde. Hanno potato gli alberi, disse. Si spostò verso l'angolo della stanza, prese in mano la cornice, passò le dita sulle punte di bronzo e sulle figure in rilievo che giravano attorno alla foto in bianco e nero come arabeschi contorti, la poggiò spostandola un po' sulla destra perché prendesse più luce, fece un passo indietro e voltò nel corridoio. L'acqua scendeva nel lavello metallico ma non si sentivano più le forbici. «Mi lavo le mani, arrivo» fece alzando la voce, entrò nel bagno, aprì i due rubinetti e spinse sul contenitore del sapone, mescolò, passò bene l'acqua tra le dita, si bagnò la faccia. Dovresti tagliarti i capelli, disse, si fece una mezza risata, immerse il volto nell'asciugamano bianco morbido, respirò il profumo fresco e uscì.

La guardò mentre li infilava, uno per uno, nel vaso. Era concentrata sugli steli, li passava tra le dita eppoi nel collo del vaso che si allargava tondeggiante alla base.

«Il colore della sabbia» disse lui.

«Cosa?»

«Sempre quel vaso. Quanti anni saranno?»

«Ah» fece lei.

«Mi sembra che esista da sempre».

«Ma come hai fatto? Dico: come hai fatto a trovarli?»

«Li ho visti dal fioraio, in piazza, mi sono fermato, non ho resistito».

«Adesso, a settembre! Non si vedono mai».

«Il ragazzo mi ha detto che da quando ci sono gli anemoni giapponesi».

«Come?»

«Gli anemoni giapponesi».

«Mai sentiti» fece lei, assestando un altro stelo con delicatezza attraverso il lungo collo del vaso.

«Neanch'io. Ma pare che questi anemoni giapponesi siano autunnali».

«Dici che questi sono giapponesi?»

«No, non lo so, mamma, non credo».

«Sei troppo gentile, tu. Ricordarti sempre degli anemoni, i miei fiori preferiti. Erano i preferiti anche di mia mamma, forse per questo».

«Quando eravamo bambini e andavamo a comprarli e tu guidavi la Cinquecento, ti ricordi? Col tettino aperto, io e Martina in piedi con la testa fuori, i capelli al vento e tu che urlavi di smetterla, che era pericoloso. Eppoi andavamo a comprare gli anemoni».

«A quel piccolo fioraio nel vicolo».

«Benito».

«Benito. Non c'è più» fece lei accorciando il gambo di un anemone rosso con una sforbiciata.

«Da tantissimo».

«Sei troppo gentile, grazie Lorenzo».

«Macché. Gli anemoni. Non potevo resistere. Roma deserta, piazza Vittorio e gli anemoni, non potevo resistere».

La guardò mentre infilava gli ultimi steli nel becco stretto del vaso.

«Sono ancora chiusi, hai visto?» disse lei. «E sono bellissimi, gonfi, vedi questa specie di peluria, sì? Qui si capisce tutto».

Prese il vaso e lo alzò facendo un movimento tremolante, poi lo poggiò di nuovo e con le mani cominciò a scuotere gli steli da sotto per farli assestare.

«Ecco» disse, «lo metto di là».

Si spostarono verso il salotto. Le persiane erano socchiuse sul piccolo balcone e sulla finestra dietro il divano. C'era una luce bianca forte che filtrava attraverso le tende. Lorenzo diede uno strattone alle tende che coprivano la portafinestra del balcone, aprì il vetro e scostò le persiane.

«Non fa più così caldo, mamma».

Lei non disse nulla, era in piedi davanti al mobiletto nell'angolo, guardava il vaso e lo spostava di poco per trovare la posizione.

«Devo dedicarmi alla casa» disse, «devo darmi da fare».
«Ma va benissimo così» fece Lorenzo.
«È vuota, Lorenzo. Devo darmi da fare».
«Sì, ma anche così va bene, sembra una casa di mare, tutta bianca».
«Ti porto un bicchiere di vino, mentre aspettiamo».
Lorenzo si lasciò cadere sul divano e fece un sospiro aprendo le braccia.
«Guarda, c'è anche il giornale, se vuoi» fece lei chinandosi sulla poltroncina. Gli passò il quotidiano, poi disse: «Arrivo» e attraversò il salotto velocemente. «Controllo il forno e ti porto un bicchiere di vino» disse ancora voltandosi.

Il trillo echeggiò nel vuoto delle stanze. Scostò i piedi dal tavolinetto e diede un'occhiata. Il telefono continuava a suonare.
«Vai tu?» gridò. «Vai tu?» ripeté ma senza che gli rispondesse. Si alzò in piedi e si mosse verso l'ingresso, poi sentì il suono interrompersi e il suo: «Pronto» squillante dalla cucina. Si fermò accanto alla porta a vetri che dava sulle stanze. Passò un dito lungo lo stipite della porta, guardò la libreria semivuota dove un tempo c'erano i volumi rossi dell'enciclopedia, aprì e fece due passi sul pavimento di marmo verso le stanze. Si fermò subito: sentiva la voce di sua madre che parlava al telefono e per un attimo gli parve un'altra epoca, ma non c'era più la libreria che correva lungo la parete di fronte alle camere da letto e le porte erano chiuse e c'era penombra.
Vide una tenda penzolante a metà del corridoio che dava sulla stanza più grande dove quand'era bambino correva a portarle il caffè la domenica mattina per svegliarla, era una tenda dai disegni orientaleggianti, forse l'avevano messa gli affittuari. Si voltò e camminò quasi in punta di piedi sul marmo come se stesse tornando la sera tardi e non dovesse far rumore. Poggiò la mano sulla maniglia di ottone e aprì la porta

della sua camera di bambino: era buia e c'era odore di vernice. Fece due passi sul parquet scricchiolante e abituò gli occhi alla luce che entrava in piccoli fori, attraverso le listarelle della serranda. Vide che non c'era nulla, se non un tavolo nell'angolo, un tavolo che non riconosceva. Agguantò il nastro di canapa e tirò su la serranda con uno scossone e la luce entrò forte. Le pareti ridipinte e due scatoloni in un angolo. Si affacciò alla finestra, guardò nel giardinetto di sotto, il pavimento di pietra e le aiuole curate e un ombrellone aperto accanto all'albero di arance. Alzò gli occhi sulla via che scendeva dritta dal grande incrocio, tutto sembrava uguale.

«Ti fa effetto?»

Si voltò di scatto.

«Ti fa effetto rivedere la tua stanza?» chiese sua madre dall'uscio.

«No, non tanto».

«Sarà il mio studiolo».

«Davvero?»

«Qui voglio mettere la libreria, guarda, proprio qui. E lì quel divanetto che tenevamo all'ingresso e che dev'essere nel garage di zio. In camera di Martina ci dormirò io».

«E la camera grande?»

«Non lo so. Magari l'affitto».

«Ma che dici? A chi?»

«Vedremo».

«Ma mamma, perché hai voluto tornare qui?»

«Era libera, lo sai. A casa di Leonardo non potevo, ci penserete voi, io non posso più».

«Lo so».

«E qui è bello. Ci sono molti ricordi belli, no?»

«Certo. Anche molti brutti, forse».

«Forse».

«Quest'estate ho pensato a Londra, quando eravamo a Londra, ti ricordi?»

«Certo».
«Vi eravate appena lasciati e nonno faceva tutto per te».
Fece uno sbuffo e scosse appena il capo.
«Questa casa l'avete ristrutturata in quel tempo, no? Nonno ha fatto tutto, vero?»
«Sì, ha fatto tutto lui, non so come sarebbe stato se non avessi avuto mio padre, ma c'era».
«Be', è una casa bellissima. Piena di sole».
«Appunto. Piena di sole. Quando io e Leonardo dormivamo di là non era così bello».
«No?»
«Non avrei potuto restare senza ristrutturarla».
«Me lo ricordo, eravamo a Londra e tu parlavi ogni giorno al telefono con nonno».
«Sì».
«C'è una fotografia. Io e Martina con te davanti alla *Cutty Sark*, il veliero, devo tirarla fuori».
«No, non voglio vederla, Lorenzo».
«Come?»
«Non voglio vedere foto di quel tempo, adesso, no».
«Perché?»
«Non c'è stato periodo peggiore, nella mia vita. E adesso che finalmente era passato».
«Che vuoi dire?»
«Niente, vieni». Fece un passo verso il corridoio.
«Era passato solo ora?» chiese lui.
Lei scrollò il capo. «Vieni di qua, ti faccio vedere la stanza di Martina, come voglio metterla».
«Andiamo».
«Già ci ho dormito, mi piace, vieni».
Lorenzo la seguì. La guardò da dietro mentre spingeva sulla maniglia della porta e la luce tagliava il pavimento di legno, la vide entrare con le spalle un po' curve e per un attimo ebbe voglia di abbracciarla, poi scivolò dentro la stanza.

«Non guardare il disordine» disse lei. «Immaginatela come ti dico io».

Si spostò lungo il bordo del letto e passò la mano sul copriletto bianco, spinse contro il muro il comodino e indicò la parete. Gli spiegò dove avrebbe messo il mobile che era stato per anni nella stanza grande, e la posizione precisa del letto e l'arazzo che voleva attaccare sul muro alle spalle del letto, visto che non le serviva più una libreria in camera: lo spazio ormai era tanto. Aprì la finestra e il caldo entrò tutto insieme. Aveva già fatto mettere dei portavasi sul davanzale. Lorenzo guardò in strada, la strada che si vedeva dalla finestra di Martina, poco diversa dalla strada che vedeva lui dalla sua stanza, ma diversa. Richiusero e uscirono. Mentre sua madre si avviava in cucina, lui entrò nel bagno accanto alla stanza di Martina. «E questo è il tuo bagno ora» disse, ma sua madre non poteva sentire. Guardò in alto la finestrella smerigliata che calava lasciando aperto solo uno spiraglio, sospesa in un antico meccanismo di ferro, era sempre lo stesso, ancora difettoso. Lo scaldabagno infilato dietro due sportelli di legno di un piccolo soppalco. Sul lavandino una tazza blu, uno spazzolino, il dentifricio, poi dei vasetti di creme e una lima e dei trucchi. Asciugamani rossi. Odore di acqua di colonia. Richiuse la finestra e uscì. La penombra nel corridoio si apriva sulla stanza dell'ingresso, nella luce che filtrava dal salotto.

Tirò fuori la teglia, i pomodorini sfrigolavano e Lorenzo si avvicinò. Una nuvola caldissima invase la cucina.

«Quasi pronti» disse lei. «Ho usato subito i capperi che mi ha portato Martina».

«Magnifico» fece, e aprì il frigorifero. Si versò del vino. «Tu non bevi proprio nulla?»

Fece segno di no, mentre girava la manopola del forno.

«Il frigorifero lo tieni?»

«Cosa?»
«Tieni questo o porti quello nuovo?»
«No, tengo questo».
«Giusto, brava».
«Tiri fuori il piatto di uova, per favore?»
«Che uova?»
«In frigo» disse lei senza voltarsi.
Lorenzo aprì di nuovo il frigorifero. «Le uova al tonno». Sgranò gli occhi. «Non le avevo viste».
«Poggialo lì».
«Ma grazie, mamma. Le uova ripiene. Niente di meglio». Lorenzo si sedette su uno sgabello.
«Ecco» disse lei, alzò il coperchio dal recipiente di vetro, guardò dentro, richiuse. «Ecco» ripeté. Poi si voltò e rovistò nella sacca del pane, tirò fuori il mezzo filone e lo poggiò sul tavolo.
«Lo tagli tu?»
Lorenzo allungò il braccio. Poggiò il filone su una tavoletta di legno e tirò fuori il coltello da pane. «Quindi adesso era passato, per te? Solo adesso?»
«Che dici?» fece lei.
«L'hai detto tu prima. Solo adesso era passato tutto per te? Perché?»
«No, Lorenzo, non ho detto così. Leonardo era cambiato, lo sai».
«E tu?»
«Io anche, tutti cambiamo».
«Certo, sì. Ma papà era cambiato di più, no?»
«Sì. Era sempre più bello».
«Ti piaceva di nuovo?»
«No, non intendevo. Era più bello stare insieme. Passavamo delle serate tranquille, senza nessuna paura, senza più nessun odio».
«E quindi anche il passato è diverso».

«Forse sì. È il futuro che manca».
«Il futuro».
«Come se non sapessi più a cosa pensare».
«Lo so».
«Certe volte non riesco a trovare nemmeno una parola».
«Ma di quello che è stato si può parlare».
«Certo».
«Perché allora non Londra? Quel periodo certe volte mi sembra lunghissimo».
«Ma sì, parliamo di Londra».
«Abbiamo passato dei giorni strani lì».
«Forse».
«La casa degli amici di nonno e i letti su cui io e Martina saltavamo, ti ricordi?»
«No. Cosa?»
«Al ritorno a Roma, gli amici di nonno si erano lamentati con lui».
«Ma di che?»
«Dicevano che gli avevamo rotto le molle dei letti».
«Non mi ricordavo, no».
«Mi è tornato tutto fuori. Le foto sono molto belle. Le ho riguardate pochi giorni fa».
«Credi?»
«Sì. Tu hai l'aria rilassata e i capelli corti, ancora cortissimi».
«Ecco», fece un gesto con il braccio.
«Stavi bene».
«Ero orrenda».
«Non hai mai più avuto i capelli corti».
«No, Lorenzo, no».
«Come?»
«Basta, basta, non voglio pensarci».
La guardò, con il coltello in mano, accennò un sorriso.
«Basta, per favore» disse lei.
«Ma cosa?»

«Non voglio vedere quelle foto, non devi parlarmene».

«Ma perché?»

«Non capisci, tu, non puoi capire, Lorenzo».

«Che cosa, mamma?»

«Niente, nulla, scusami. Controlla tu il forno, per favore». Poggiò un canovaccio sul tavolo e senza guardarlo uscì dalla cucina. Sentì i suoi passi che echeggiavano nel corridoio e si perdevano oltre l'ingresso verso le camere da letto.

Il telo bianco che copriva il divano era fresco. Lorenzo tolse un cuscino dallo schienale e lo poggiò in terra e si stese, allargò le braccia sullo spazio che si era creato, poggiò le gambe su un bracciolo e la testa sull'altro. Guardò il soffitto, le leggerissime linee sbalzate all'incontro con i muri, la vernice che copriva tutto. C'erano riviste di viaggio sul tavolinetto lì accanto e un quotidiano straniero e un libro sulle fontane di Roma. Aveva acceso un ventilatore nell'angolo e le pale giravano lentamente e a ogni giro si sentiva un breve scatto e l'aria si muoveva nel salotto semivuoto e quasi sembrava fosse lì lì per creare un'eco tra i muri della stanza. Mise una mano in tasca e tirò fuori il telefono e aprì lo schermo per scriverle. Si guardò intorno e pensò alla finestra della sua stanza da bambino, alla strada, al bagno. Descrisse la vecchia casa che Carolina non aveva mai visto. Poi le raccontò di sua madre: che era forte e sembrava dominata da una specie di gelosia verso qualcosa che non c'era più. Le scrisse che da quando era atterrato a Roma si sentiva meglio. Poi le chiese quando si sarebbero visti. Rilesse le ultime parole e le cancellò. Fece pressione sui pulsanti e compose una frase in cui diceva che avrebbe voluto vederla, appena fosse tornata. Cancellò di nuovo e intanto sua madre entrava dalla porta a vetri e venne a sedersi sulla poltrona accanto. Lui spinse sul tasto più grande, entrò fra le opzioni e lasciò il messaggio in sospeso salvandolo fra quelli di prova, poggiò il telefono sul tavolinetto e si spostò verso di lei.

«A chi scrivi, Lorenzo?» fece la donna posando il mento su una mano aperta, il gomito sul bracciolo e l'aria più tranquilla, come se nel frattempo si fosse riposata.

«A nessuno. Facevo ordine».

«Nel telefono?»

«Sì, non ho più spazio. Cancello un po' di cose».

Lo guardò, si spostò su un fianco e fece per muoversi. «Vuoi mangiare? È pronto. I pomodori si devono un po' freddare, ma ci vuole poco. Intanto c'è del prosciutto e le uova».

«Vengo» disse lui. Prese il telefono e spinse sul tasto rosso. Guardò lo schermo che diventava scuro eppoi si schiariva tutto insieme, poi si alzò.

A tavola, lei parlò della montagna. Raccontò di Bressanone, dove aveva cercato invano una ragazza che, quando Lorenzo e Martina erano piccolissimi, aveva lavorato in casa da loro, una ragazza bella e autoritaria, abituata a bere una birra ogni sera prima di cena. Leonardo portava a casa una marca di birra diversa ogni giorno e nonostante lei fosse così bella non aveva mai fatto altro, mai fatto altro che portarle ogni sera birre diverse. Erano anni di amore folle, si erano appena sposati, Martina e Lorenzo erano nati uno dietro all'altra e tutto sembrava perfetto. Lei era una ragazza forte, e quando era ripartita non avrebbe mai pensato di non rivederla mai più, ma le cose vanno così, gli anni erano passati, altro era accaduto e adesso che finalmente era lì a Bressanone aveva deciso di cercarla. Lorenzo ascoltava in silenzio e faceva cenni, si serviva altre uova ripiene, riempiva i bicchieri, beveva, poi a un tratto si alzò.

«Vado a prendere i pomodorini» disse.

Quando tornò a sedersi, sua madre passava una mano sulla tovaglia per allisciarla e lo guardava.

«Non racconti mai nulla tu, Lorenzo. Com'è andata la Grecia?»

«Bene, molto. Mi sono riposato anch'io».

«E il mare?»

«Splendido, isole straordinarie, molto vento, purtroppo, moltissimo vento, ma dopo poco ti abitui, ci si abitua a tutto».

«E Sara è stata bene?»

«Bene, certo, benissimo. Adesso è al mare con le amiche. Starà ancora meglio».

«Stupido» disse lei spingendo la forchetta di taglio su un pomodorino, il liquido rossastro si allargò sul pan grattato scurito dal forno. «Sempre lo stesso sei». Scosse il capo e mangiò.

«Strepitosi, i tuoi pomodorini, mamma».

«Grazie».

«Ne prendo ancora».

«Sono lì apposta».

Lorenzo si avvicinò alla pirofila di vetro e intanto sua madre poggiò la forchetta e si abbandonò sullo schienale della sedia.

«E Carolina? L'hai risentita più? Martina dice...»

«Cosa dice Martina?»

«Stai tranquillo, Lorenzo, niente di male».

«No, certo. Ma che racconta? Perché deve sempre raccontare?»

«Oh, Lorenzo. Dice solo che dovresti parlarle».

«Perché, non lo faccio?»

«Ma forse un po' di chiarezza».

«La chiarezza».

«Sì» fece lei. «Lo penso anch'io».

«E perché?»

«Quel che dici, quel che racconti. Non sei mai chiaro».

Lui non la guardò, con il pane pulì il piatto e bevve.

«E tu? Tu come stai, Lorenzo? Non parli mai di te».

«Non è vero».

«Mi hai scritto quei messaggi, dalla Grecia, erano dolorosi».
«Siamo stati bene, mamma».
«Ma era dura».
«È dura».
«Lo so».
«C'era quell'immagine che mi perseguitava».
«Quale?»
«Te l'ho detto. Non riuscivo a togliermi dalla mente il Verano, e la chiesa vuota».
«Era fine luglio, Lorenzo. Un sabato di fine luglio».
«Sì ma era il vuoto, lo sai. A casa a salutarlo sono venuti quelli del paese. Non c'erano altri amici».
Lei si strinse nelle spalle e fece una smorfia.
«È un'immagine che non riesco a togliermi dalla mente. La chiesa vuota».
«Non era vuota».
«Papà non aveva amici».
«Non è vero. Li aveva a modo suo».
«Che modo? Che modo mamma?»
«A modo suo».
«Quello di tradirli, farsi prestare i soldi, rubar loro le donne?»
«Tu non capisci, Lorenzo».
«No, io capisco eccome. Ho fatto lo stesso io».
«Ma come ti viene in mente?»
«Carolina, Sara, ho fatto lo stesso anch'io».
«Ma cosa dici Lorenzo? Tu non capisci niente. Non sai nulla di papà, non puoi saperlo, non devi».
«Che significa?»
«Tuo padre era diverso da te».
«In cosa? Nel gioco? Io non gioco, è vero».
«Aveva smesso».
«Certo».
«E non c'entra nulla. Non era il gioco».

«In cosa allora? Nel fatto che non esagero come lui, che non ho un negozio, che non mi sono ancora risposato e non frequento certa gente?»

«Ma basta, ma cosa dici?»

«Cosa».

«Sei diverso. Leonardo aveva altri problemi, non i tuoi. E lui non voleva affrontare nulla. Quello è stato il punto, semmai. Non si può e tu non puoi».

La guardò, aveva la pelle del viso tesa sugli zigomi e si teneva dritta con la mano sul limite del tavolo.

«Ti sei mai chiesto perché avesse bisogno di tante donne tuo padre?»

«Ma che c'entra?»

«Oh», mosse la mano e si voltò.

«Che dici mamma?»

«Ti racconterò una storia. Una delle tante. Visto che abbiamo parlato di Benito».

«Chi?»

«Benito, il fioraio».

Lorenzo passò un pezzo di pane nel piatto e tenne gli occhi bassi. Lei si puntellò ancora sul braccio e per un attimo restò in silenzio, poi sbuffò. «Ogni cosa me ne fa venire in mente un'altra».

«Cioè?»

«I fiori. Mi hai portato fiori bellissimi, ero felice prima e ho pensato proprio a Leonardo e a un giorno brutto».

«Sì» disse ancora lui poggiandosi su un gomito. Sua madre teneva gli occhi puntati verso la finestra.

«Mi regalava spesso fiori anche Leonardo, lo sai».

«Lo so».

«Ma ho pensato a un'altra cosa, un giorno brutto. Ho pensato a molti anni fa, quando andai da Benito, ecco, tu mi ci hai fatto pensare».

«Sì».

«Benito non c'era, c'era un aiutante. E lo vidi che cercava fra i bigliettini di Leonardo».

«Come?»

«Io volevo comprare qualcosa per nonna, era tanto tempo fa e il ragazzo non mi conosceva, era nuovo, non sapeva di me, stava preparando un mazzo di lilium, i fiori che mi regalava sempre Leonardo. Così lo guardavo e lui era chino su un cassetto e ho riconosciuto la grafia».

«La grafia di papà».

«Sì. Era pieno di biglietti scritti da papà, nel cassetto».

«Non capisco».

«Guardavo e c'erano i suoi biglietti». Parlò lentamente come se fosse di nuovo emozionata.

«Non capisco, mamma».

«Nel cassetto di Benito, Leonardo aveva lasciato un mazzo di biglietti, pronti per ogni occasione, capisci ora? Lui telefonava e diceva quale prendere e a chi mandare i fiori. Capisci o no?»

La guardò senza dire nulla, si portò il bicchiere alle labbra e bevve.

«Sceglieva il biglietto, la formula da mandare alla ragazza e chiamava Benito».

«Ma quando?»

«Un anno prima di lasciarci. Non credo stesse già con Ludovica, no, non credo che li mandasse a lei. Io facevo finta di ridere e il ragazzo rideva, si divertiva, lo prendeva in giro e mi venivano i brividi. Però volevo sapere, volevo leggere. E il ragazzo faceva resistenza, dio mio».

«E hai letto?»

«Sì, alla fine sì» disse stringendo le tempie fra le mani.

«Che diceva?»

«Elogiava la notte passata, ecco. Era un elogio della notte passata».

Lorenzo non disse nulla.

«Ecco. È stato un disastro, quello. Peggio di molti altri. Eppure è stato tale il dolore che avrei fatto tutto per lui. È in quel periodo che ho accettato di tagliarmi i capelli».

«Ma cosa?»

«Sì. Sono arrivata a quello, pensa. Ecco perché non voglio vedere quelle foto».

«Ma che vuol dire?»

«Io non volevo, non capisci? Era lui, lui che ne aveva bisogno».

«Bisogno».

«Non hai mai visto che le donne di tuo padre si tagliavano i capelli?»

«Che?»

«Ludovica».

«Cosa dici».

«Dio, basta, basta».

«Mamma ma che dici?»

«Lascia stare, basta», si alzò in piedi di scatto. «Non volevo dirti cose tristi. Non volevo dirti nulla». Lo guardò con occhi fermi: «Mi sono scocciata di sentirti ripetere che hai paura di essere come papà. Tu sei diverso. Sei un'altra persona. Sei un gran rompiscatole, ecco che sei. E tuo padre anche lo era, ma molto meno. E comunque era cambiato, adesso era cambiato. E anche se Benito ormai sono anni che è chiuso sono sicura che i bigliettini non li spediva più da un pezzo. Hai capito o no? Basta Lorenzo, basta». Fece due passi verso la porta a vetri, con una mano la spalancò sempre guardandolo, poi si voltò e se ne andò in cucina.

Scese le scale velocemente. Sentiva l'eco dei suoi passi e il fresco del marmo e il suono di quando scendeva giù in garage a giocare a pallone. Il pallone che rotolava verso il pianerottolo e rimbalzava sulla porta dei vicini e lui che scendeva di corsa, il più veloce possibile, sperando di non essere visto, poi arrivava in cortile e sentiva una finestra aprirsi, era qualcuno che si affacciava, allora correva appresso al pallone, le partitelle cominciavano e presto si sarebbero sentite grida dalle finestre: «Zitti, ragazzini, zitti». Tutti gli amici che venivano a giocare, tutti gli amici con cui correre a giocare altrove. Pensò a loro, mentre scendeva giù di corsa, nel silenzio deserto della prima domenica di settembre. Pensò a Marco che voleva giocare in porta, era l'unico che volesse giocare in porta, e si era comprato anche i guantoni da portiere. Marco con la sua tuta giallina e Pietro alto, dinoccolato, magro che arrivava insieme a Lucio, in bicicletta. Si accovacciò per infilarsi nella rampa di scale bassa che scendeva oltre il pianoterra, lo stesso odore di muffa di sempre, passò dietro il quadro dei contatori dell'energia elettrica e corse verso la porticina metallica, spinse sulla maniglia di ferro e uscì nel sole del cortile. Lasciò la porta accostata, restò un attimo sotto il sole caldissimo nella conca senza vento dei garage, guardò dove un tempo c'era una rete verde mezzo rotta sul muretto di accesso al cortile, si saliva di lì per fuggire, infilando un piede nella rete eppoi tirandosi su in cima al muretto per passare sul tetto di bitume nero dei garage. Gatti selvatici e pacchetti di avanzi tirati dalle finestre, lische di pesce, un odore nauseabondo. Correvano sul tetto dei garage, poi scendevano dall'altra parte, nella stradina polverosa del carrozziere e degli idraulici. Si poteva giocare a pallone con loro. Oppure si restava a vederli lavorare, ascoltarli mentre ridevano e raccontavano cose di cui si raccomandavano: «Non dite nulla, eh! Per favore. Acqua in bocca. Niente parolacce. Sennò non vi ci mandano più». E si restava lì finché era possibile tornare in cortile e giocare senza che nessuno si lamentasse dalle finestre del palazzo. Anche a tennis, tennis contro le serrande dei garage, battimuro, un suono da far diventare matti i vicini, adesso ci pensava, il suono della pallina da tennis contro la serranda, un suono insopportabile.

Erano anni di cene a casa e feste e liti e grida da una parte all'altra del corridoio. Era una sera d'inverno. Con Martina tutto il pomeriggio a mettere in ordine, la gente che arriva, familiari, conosciuti, meno conosciuti, e lui quasi sempre sulla porta. «Perché i capelli così corti, Giovanna?» le chiedono gli amici entrando, e lei sbuffa. Sbarrano gli occhi, fanno segni di sbalordimento. Qualcuno dice: «Vuoi lanciare una nuova moda?» Qualcun altro ride facendo un segno sulla nuca. Sulla nuca i capelli sono cortissimi, come appena ricresciuti da una rasatura. Lui le corre dietro lungo il corridoio e lei è scura in volto. Quando era? In che periodo? Che anno? Lui e Martina tutto il pomeriggio per aiutarla e a un certo punto addirittura hanno messo a posto in salotto, facendo attenzione che ogni tappeto sia dritto, che le frange dei tappeti siano sbrogliate, intanto lei, agitata, sbrigava ogni faccenda in cucina. «Quando arriva papà?» ha domandato lui e Martina si è voltata di scatto: «Arriva la sera. Adesso è in negozio». Era una festa o una semplice cena? Un compleanno? Quando precisamente? Prima di andare a Londra, certo. Molto prima, molto prima, in realtà. «Ma Giovanna, che capelli!» dice una donna entrando «Li hai venduti? Hai voluto vendere tutti i tuoi capelli lunghissimi?» Lei si chiude fra le spalle e sorride e suo padre compare dal corridoio e Lorenzo lo guarda mentre passa dietro di lei e le posa una mano sulla nuca e la bacia sul collo. Poi l'abbraccia e la stringe forte.

Il sole era accecante, attraversò il cortile, pestando sul pavimento zigrinato grigiastro, fino al grande cancello di ferro. Sulla strada l'aria era ferma. Le piante nelle piccole aiuole che costeggiavano i fianchi del palazzo erano immerse nella terra spaccata e i tubicini dell'impianto di irrigazione automatico erano ricoperti di polvere biancastra. Il sole a picco sull'asfalto si divaricava in riverberi ovunque, sugli specchietti, le lamiere, i parabrezza delle automobili parcheggiate, sui cassoni dell'immondizia, sulle cromature e sulle estremità dei pali della luce. Il caldo sembrava asfissiante come una barriera impalpabile che copriva il cielo pulito della città. Camminò lungo i palazzi silenziosi della strada fino all'incrocio, il semaforo era acceso ma non si vedeva anima viva. Ludovica e Marianna quando si erano tagliate i capelli? Dopo poco? Forse Ludovica dopo poco, ma Marianna no, Marianna più tardi, ma lei non li aveva mai avuti lunghissimi. Però anche lei li aveva tagliati corti. Svoltò sul grande viale e il sole era alto davanti a lui, i binari del tram erano come strisce accecanti. Sulle finestre dei palazzi umbertini erano aperte tende a coprire le persiane chiuse, a tratti si sentivano rumori di cucina, chiacchiericcio, tintinnare di posate, televisioni accese, abbaiare di cani. Passò accanto a un portone socchiuso e si sentì come un fiume di aria fresca uscire e odore di campagna, di mura spesse che separano l'ombra dalla canicola. Si affacciò, c'era un grande cortile ombroso, zeppo di piante, e il ferro battuto delle cancellate interne che impediva l'accesso su aiuole ben curate e palme, chicas, eucalipti, luce bassissima, innumerevoli finestre sul cortile buio, alcune aperte. Rimase lì a guardare in alto, i panni stesi su lunghi stenditoi fuori dalle finestre e un chiacchiericcio debole che proveniva da qualche appartamento. Pensò a un pomeriggio nella casa del padre. Al bisbiglio di Emilia e sua sorella. Il suono di pentole dalla cucina. «Irma, Irma» chiama lui. La donna si volta, si passa le mani sul grembiule e apre le braccia: «Stasera vedrai» gli dice. Lui ride e torna verso il salotto. Emilia è sul divano e parla con Martina e lui le sente bisbigliare qualcosa e guardarlo. Lì per lì non ci fa neppure caso e se ne va in camera, poi torna sui suoi passi. «Se a papà piacciono donne con i capelli corti non mi pare ci sia niente di strano» dice Martina. «No, niente. Ognuno ha i suoi gusti» fa Emilia. Emilia e Martina. La casa di Leonardo, la magnifica casa di Leonardo d'inverno. Ma dov'era suo padre? Faceva freddo, il camino acceso e forse era Natale? Ma quando? Loro erano già grandi, belle. Parlavano di ragazzi e di feste e di scuola. C'era Marianna, ecco, c'era Marianna. Forse si era appena tagliata i capelli anche Marianna. Sicuramente era così. «Ognuno ha i suoi gusti, certo» dice Emilia, e Martina le risponde: «Quello che veramente non sopporto è che stia così poco con noi». «Ma che dici?» le fa Emilia. «Non è vero».

Si guardò ancora intorno. Alzò un braccio costeggiando un muro ricoperto di rincospermo, cercò di sentire il profumo. Guardò di nuovo in alto, le lenzuola colorate stese al penultimo piano. Poi si scosse e tornò in strada, riprese a camminare sotto il sole, svoltò nella viuzza, quindi entrò. Il vetro, nel riquadro di alluminio color oro, era tappezzato di adesivi. La porta si richiuse da sé. Dentro, c'era penombra, fresco, le pale di un ventilatore che giravano lentamente e un ragazzo seduto dietro il bancone. Leggeva un giornale arabo, alzò lo sguardo su di lui e poggiò il quotidiano richiudendolo accuratamente, e si alzò. Lorenzo controllò i gusti segnati a pennarello in targhette di cartone bianco posate in corrispondenza dei coperchi tondi sui contenitori metallici. Chiese una vaschetta per tre e la fece riempire. Intanto si guardava attorno, si voltò verso il passaggio coperto da fili di perline che scendevano come una specie di tenda a proteggere l'ingresso di un'altra stanzetta: di là sembrava buio. Il ragazzo pulì bene la paletta sui bordi della vasca di plastica, ogni volta che cambiava gusto e anche paletta. Poggiò sulla bilancia e stampò lo scontrino, chiuse la vasca con attenzione, incartò, passò dello scotch sui lembi della carta striata di linee brillanti color oro e allungò il pacchetto sul banco. Lorenzo pagò e uscì nel caldo proprio mentre un allarme cominciava a ululare nella grande strada infestata di sole.

In cucina, tutto sembrava a posto. Dalla lavastoviglie usciva un suono di acqua gorgogliante. E quando la macchinetta del caffè fu sul fuoco, Lorenzo sfilò un piccolo vassoio verde dal piano alto dell'armadio e ci posò sopra le due tazzine di ceramica sottile disegnate da piccoli segni colorati. Sua madre intanto metteva le coppette del gelato nella lavastoviglie eppoi assestava il secchio della spazzatura. Lorenzo tirò fuori la bottiglia di rakì che aveva portato dalla Grecia, la fece vedere a sua madre, mostrandole l'etichetta artigianale e spiegandole del distillato che si beveva a Creta e quello che invece facevano nelle Cicladi. Si spostarono in salotto. Bevvero il caffè e lui aprì la bottiglia e versò un goccio nelle due tazzine.

«Con il resto del caffè, così, come faceva papà» disse.

Sua madre bevve un sorso e si fermò, chiuse gli occhi. «È forte».

«Certo» fece lui. «Lascialo scendere».

Se ne versò ancora e si abbandonò sul divano.

«Non bere troppo» disse lei spostandosi su un fianco e raccogliendo le gambe sulla poltrona.

«Ma fa bene».

«Non ce n'è bisogno».

«No, però è buono».

«Non ti serve» disse lei.

«Lo so ma fa bene. Bevine anche tu un altro po'».

«Dopo, dopo» disse, e aprì il quotidiano.

Lorenzo prese una rivista e bevve un altro goccio, sfogliò pagine illustrate di sole e capanne in riva al mare, poi case color pastello in Provenza e cavalli bianchi che correvano fra canali e alberi segnati dal vento, poi baite di legno in mezzo al verde forte e uomini vestiti di camicie di flanella a scacchi, baffi folti e cappelli di lana. Poggiò di nuovo la rivista sul tavolo e finì di bere dalla tazzina, quindi si rilasciò sul divano, supino, e chiuse gli occhi.

«Hai sonno?» gli chiese lei.

«Un po'» disse senza aprire gli occhi. «Solo un po'. Mi riposo un attimo».

«Vuoi che chiuda la serranda?»

«No, grazie, va bene così mamma, grazie mille».

*

Si svegliò con il telefono che trillava in tasca. Era Sara che rideva e voleva essere affettuosa e lui si alzò in piedi e vide che non aveva dormito neppure mezzora. Si passò il dorso della mano sul mento bagnato e si stropicciò gli occhi.

«Dove siete?»

«Uh! In barca, è bellissimo, Lorenzo, dovresti essere qui».

«Dovrei».

«Abbiamo preso un gozzo, l'acqua è stupenda, fa un caldo terribile».

«Sei ubriaca».

«Ma che dici?»

«Lo sento dalla voce».

«Ma va! Abbiamo mangiato, bevuto due birre, qui in barca».

«Ecco, sei ubriaca».

«Ma dai. Che fai tu? Vieni qui?»

«Ma Sara, adesso?»

«Cosa?»

«Adesso me lo dici, scusa».

«Adesso, sì, perché è veramente bello, capisci? Non sai che mare».

«Ma sto da mia madre».

«Sì?»

«Abbiamo mangiato».

«E come sta?»

«Bene, bene».

«Ma Lorenzo, vieni, dai, è bellissimo, davvero».

«Sicuro».

«Se non vuoi venire oggi, vieni domani. Almeno un giorno».

«Ma Sara, volevi tu stare da sola, mi hai lasciato qui e ora mi vuoi».

«Ma quando?»

«Mi hai abbandonato qui a Roma da solo».

«Uh, abbandonato? Sempre questa storia, basta. Vieni invece. Vieni qui, dai».

«Adesso ci penso».

«Non pensarci, vieni».

«Vedo se posso».

«Certo che puoi».

«Generalmente a settembre si lavora. Oggi è settembre, lo sai?»

«Solo lunedì, no? Non puoi? Ti porti il lavoro, poi torniamo insieme».

«Adesso vedo, non lo so».

«Potresti venire stasera. Così ti fai due notti. Perfetto no?»

«Perfetto».

«Dai vieni, Lorenzo, vieni. Davvero, è bellissimo».

«Be', dopo ci sentiamo e ti dico».

«Sì, chiamami dalla stazione».

«Dalla stazione, sì».

«Saluta tua madre».

«Certo».

Per qualche minuto guardò il tavolo di legno antico accostato alle pareti d'angolo. Era legno scuro, rimesso a posto e lucidato, e sopra c'era lo stereo, l'amplificatore, le casse, una matassa di fili che sembrava inestricabile, pezzetti di tasti rossi e bianchi da inserire di nuovo al loro posto poggiati in un posacenere. Sotto al tavolo c'erano scatole con su scritto CD chiuse da nastro adesivo marrone chiaro. A un tratto si alzò, bevve un goccio dalla tazzina e si accovacciò davanti al tavolinetto a sbrogliare i fili. Cercò le estremità e le tirò leggermente allentandole, districò le prese e i cavi delle casse, liberò gli intrecci, poi cominciò a tirar via ogni filo. Sentì i suoi passi dalla porta a vetri e si voltò.

«Ti sei svegliato, il telefono» disse lei.

«Era Sara. Ti saluta».

«Grazie».

«Dice che dovrei raggiungerla».

«E tu vai?»

«Non so, sai com'è lei».

«Come?»

«Adesso è entusiasta e già le manco».

«Be', è bello, no?»

«Sì, ma prima voleva andare da sola, voleva assolutamente andare e mi ha abbandonato qui».

«Certo, abbandonato. Lorenzo, per favore» disse la donna allungando la mano sul bracciolo del divano. «Sempre questa storia dell'abbandono. È una vita che la sento».

«Addirittura una vita intera?» fece lui, e intanto si alzò, prese le casse e le mise per terra.

«Ma certo. Sei noioso» sbuffò.

«Le metto così, d'accordo? Una qui e l'altra accanto alla portafinestra».

«Sì, grazie, grazie Lorenzo, sei gentile a occupartene, io proprio non avrei saputo».

«Credi davvero che io sia noioso?»

Lei lasciò cadere le scarpe e tirò su le gambe rannicchiandosi su un fianco. «È sempre stata la stessa storia con te. Da quando sei bambino dici che le ragazze ti abbandonano, ma sei tu a risucchiarle, le sfinisci, Lorenzo, non te ne sei mai accorto?»

«No».

«Certo. E poi hai paura di essere uguale a tuo padre, figuriamoci. Lui mica le esauriva, le abbandonava».

«Che dici?»

«Certo. Era lui che si esauriva, non l'avevi capito?»

«Sì, forse» disse senza guardarla. Prese il cavo e lo collegò alla cassa più lontana. «Forse sì» ripeté.

«Dopo un po' tuo padre non aveva più voglia. Credo che abbiano sofferto tutte allo stesso modo».

«Cioè?»

«Niente. Non aveva voglia sempre della stessa donna, tutto qua. Lo capisci o no?»

«Sì».

«E credo che tutte abbiano sofferto come me».

«Però le hai odiate».

«Che dovevo fare?»

«Nulla».

«Io ho fatto altro, ho avuto la mia vita, ma Leonardo è stato il mio uomo quando ero ragazzina, Lorenzo, l'ho sempre amato anche con tutto quello che avevo capito».

«Cosa?»

«Cosa. La sua debolezza. La solitudine, Lorenzo».

«Ecco, la solitudine» fece lui, e lasciò cadere i cavi a terra e tornò a sedersi sul divano. «Perché? Perché tanto solo?»

«Era fatto così».

«Non aveva amici».

«Li aveva in maniera diversa» disse la donna.

«Era sempre lui, lui che organizzava, giocava, vinceva, perdeva. Sempre lui che sapeva dove trovare la cosa giusta, come organizzare un pranzo, un pranzo sontuoso, eh? Un pranzo sontuoso. Eppoi?»

«Non lo so, certe cose le ho anche dimenticate».

«Che vuoi dire mamma?»

«Lorenzo, era poco tempo che io e Leonardo ci vedevamo di nuovo. E adesso lui era diverso. Era tranquillo».

«Per necessità».

«Forse».

«Mamma» fece alzandosi.

La donna lo guardò con l'aria calma, rilassata. Lui prese la tazzina e bevve e tornò verso lo stereo.

«Che volevi dire prima?»

«Quando?»

«Quando parlavi dei capelli».

«Cioè?»

«Dei capelli corti».

«Ah, Lorenzo, sei faticoso, non si può dire nulla con te, non si può dire nulla».

«Nulla».

«Io non voglio ripensare a quel periodo, tutto qua. È un periodo che non voglio ricordare».

«Neanche adesso».

«No, neanche adesso. Adesso era tutto cambiato. Papà era cambiato. Certe cose le aveva dimenticate. Forse le aveva dimenticate per sempre».

«Quali?»

Lei scosse il capo e sorrise.

«Tu adesso sei preoccupato per questa storia» disse lei scandendo bene le parole, «ti ossessiona quest'idea di essere come tuo padre».

«Ma veramente adesso sono preoccupato per un'altra cosa».

«Tu sei diverso. Sei una persona diversa». Si fermò e lo guardò: «Parli degli amici di tuo padre. Ma non capisci che ognuno ha i suoi? Il suo modo? Leonardo ha sempre avuto mille amici, ma mille amici lontani, nessun amico vero come te».

«E perché?»

«Lasciami parlare. Lui aveva mille conoscenti, ha anche fatto molti guai, certo, ma fondamentalmente i suoi amici d'infanzia non c'erano più».

«E ti ha mai detto perché?»

«Ognuno è fatto a modo suo. Leonardo incontrava mille persone, in certi periodi stava bene con alcune, poi magari cambiava tutto. Era inquieto e cercava sempre altro. Tu anche sei inquieto ma diversamente e i tuoi amici sono gli amici d'infanzia. Hai sempre avuto quei tre o quattro amici e altri ne troverai ma non come loro. Anche tu conosci mille altre persone ma non come tuo padre e non le frequenti come faceva tuo padre. Pregi e difetti. Sei tu, Lorenzo. E basta. Quando io incontrai tuo padre, lui aveva vent'anni e già era così, già aveva mille persone, organizzava, viaggiava, frequentava gruppi di amici eppoi altri con cui lavorare, e vacanze qui e là e insomma non era come te, non era quel che sei te. E se tu hai avuto una moglie e adesso magari ne avrai un'altra questo non significa nulla».

«Ne avrò un'altra?»

«Insomma, hai capito quel che voglio dire».

«Sì».

«Tuo padre era felice dei tuoi amici, era felice di come eri. Ma tu devi saperlo meglio di me. Io non c'ero più, ormai».

«Sì, era contento. Quando Lucio, Pietro, Marco venivano a studiare a casa, era contento. Quando venivano gli amici dell'università anche. Stava sempre lì, sempre lì a fare qualcosa per noi. Forse era anche esagerato».

«Gli piaceva. Era un istrione, lo sai. Ma gli piaceva com'eri tu».

«E perché non faceva lo stesso con Martina?»

«Cosa?»

«Non ci avevo mai pensato, ecco. Perché con Martina e le sue amiche non faceva lo stesso?»

«Ma certo che faceva lo stesso. Però è diverso, non credi?»

«Non ci avevo mai pensato. Con noi passava molto tempo. Con Martina, Emilia e le altre non stava così tanto».

«Ma che c'entra?»

«Ci portava in giro, organizzava cene, pranzi, piccole spedizioni folli».

«E allora? Poteva fare lo stesso con le ragazze? A loro cosa importava?»

«Non so».

«Eppoi magari ti invidiava anche. Ci hai mai pensato?»

«Che mi invidiava?»

«Sì, Lorenzo, forse ti invidiava. Questo sì. Lo sappiamo noi quanto si sentisse solo?»

«Ecco, appunto, solo».

La musica suonava, aveva disposto i cd sul tavolo e regolato ogni cosa sull'amplificatore. Si versò un goccio di rakì. Sentiva il rumore della plastica e di movimenti veloci dalla stanza di sua madre. Si alzò, aprì la portafinestra del balconcino, uscì nel caldo di Roma, un rumore di sottofondo lontano, come di un condizionatore, aprì la sdraio e si mise a sedere. Poggiò i piedi contro la ringhiera e vide i vasi in un angolo, piantine grasse a cui non avrebbe saputo dare un nome, il verde scolorito dell'arbusto carnoso e la terra secca quasi separata dal vaso, come un'unica zolla che si sarebbe potuta tirar via in qualsiasi momento. Nell'angolo opposto, una pianta di basilico rigogliosa e un innaffiatoio metallico proprio sotto il rubinetto dell'acqua. Aprì il quotidiano, lo sfogliò, un refolo d'aria s'infilava attraverso i palazzi di dietro e sentì la maglietta scuotersi e guardò attraverso il palazzo scrostato, lontano, dove stavano gli alberi potati da poco, nel giardino che non si riusciva mai a vedere, quando vivevano lì. C'erano una specie di ombrellone e un tavolinetto tondo e forse anche una fontanella: sembrava un laghetto, ebbe l'impressione di sentire l'acqua zampillare e le zanzare che volteggiavano sull'acqua e l'umidità dello scolo a due passi dall'erba riarsa. Cercò di guardare bene, le serrande della casa erano chiuse, come le persiane del palazzo scrostato e come quasi tutte le finestre dei condomini intorno. Aprite, disse, perché non aprite? Poi mise il giornale da una parte, guardò fisso la crepa che attraversava una mattonella del cotto, si alzò in un movimento veloce e rientrò.

*

Sua madre era china su uno scatolone. Teneva le forbici aperte nella mano destra, impugnandole sull'apertura, il palmo della mano contro il taglio, infilava la punta nell'angolo dello scatolone e tirava una linea dritta lungo lo scotch marrone che chiudeva i lati della scatola, poi poggiava le forbici e con le dita piccole e forti apriva bene il lato superiore e cominciava a estrarre i pacchetti, li apriva, piegava le buste e le metteva da una parte, poggiava i vestiti sul letto e li stendeva con la mano cercando una forma che non potevano avere e li divideva e li riguardava.

«Tutta la roba che non butti mai» mormorò.

«È il trasloco, mamma».

«Ne ho fatti di traslochi, ma questo non mi piace affatto».

«Lo so».

«Cerco di pensare a nonno».

«Sì».

«Quando mi aiutava, quando dirigeva i lavori, veniva qui, parlava con gli operai, distribuiva mance. Penso a lui e mi viene da ridere anche se non basta».

Lorenzo la guardò. Tirava fuori una busta trasparente e dentro c'erano golf separati da lembi di carta bianca leggerissima.

«Mi passi quel rotolino, per favore?» fece lei.

«Dove?»

«Lì sulla mensola, guarda», indicò un gomitolo di spago sull'angolo della mensola più bassa, accanto alla finestra.

Lorenzo fece un movimento veloce.

«Credo che sia bellissimo, qui» disse lui. «È pieno di luce. Eppoi sotto ci sono i negozi che conosci, altri posti nuovi di tutti gli immigrati che sono arrivati nel frattempo, i ristoranti etnici, e in fondo siamo vicini, mamma. Mica potevi restare in quel buco, no?»

«Certo, no, lì ci stavo solo perché ormai passavo quasi tutto il tempo da Leonardo. Era carino, ma non era una casa».

«Ecco. Hai ragione tu, mamma, hai ragione tu. Hai fatto bene. Adesso è faticoso, ma starai bene».

«Speriamo. Anche tu farai lo stesso?»

«Certo».

«Bisogna andare fino in fondo».

«Sì».

«Con Carolina ma anche con Marco».

«Lo so».

«Se non vai fino in fondo non potrai mai saperlo».

«È vero».

«Non si fa mai male a parlare. Dovresti vederli, parlare con calma».

«Sì».

«Di questo hai bisogno tu, di chiarezza».

«Me l'hai detto, sì».

«A volte sembra impossibile e invece basta un niente, basta pochissimo per parlare, dirsi tutto, sentirsi vicini e chiarire errori e raccontarsi quel che si desidera. Poi anche noi, dopo, capiamo meglio quel che cerchiamo».

«Hai ragione».

«Marco. Tu hai bisogno di vedere Marco soprattutto, vero?»

«Forse sì».

«Allora perché non lo chiami?»

Lorenzo rise.

«Ridi?»

«Perché è vero».

«È vero? Perché allora non lo fai?»

«Perché lui non vorrebbe. Sai quante volte ci ho pensato? Lui non vorrebbe, ne sono sicuro. Ho fatto cose che non si possono sopportare. Io non le avrei sopportate. Io avrei chiuso per sempre, proprio come ha fatto lui. Ci sono cose da cui è impossibile tornare indietro».

«Ma tu che ne sai? Sai sempre tutto? Tu sai sempre tutto e questo è il tuo peggior difetto».

«Eppoi l'idea che io lo chiami ora, solo dopo che papà è morto, be', davvero, mi sembra intollerabile».

«Lorenzo, chiamalo. Tu non puoi giudicare per gli altri. Tu non puoi essere nei panni di nessun altro. Gli hai fatto del male, sì, è vero. Ma gliene fai ancora di più se pretendi di conoscere i suoi sentimenti».

«Forse è vero».

«Tu non puoi decidere per lui. Se tu decidi per lui lo disprezzi».

Lorenzo rimase in silenzio.

«Chiamalo».

«Va bene, lo farò».

«Lo farai?»

«Sì».

«Perché devi sempre aspettare? Cosa aspetti? Fallo adesso, no? Sei impegnato in qualcos'altro? Non mi pare. Non sei al lavoro, non sei con Sara, il pranzo è finito. Chiamalo subito».

«Ma ora, mamma?»

«Sì, adesso. Perché no? Adesso. Basta, Lorenzo, tutti te lo dicono, anche Martina mi sembra. Chiamalo».

Rimase lì senza dire nulla, lei passava lo spago intorno a un contenitore circolare di cartone, stringendolo dove stava per rompersi.

«Fino in fondo» fece lui come sovrappensiero. «Hai ragione». Poggiato alla mano aperta sullo stipite della porta fece come per rimbalzarci sopra, poi si distaccò e prese a camminare lungo il breve corridoio.

Attraversò la camera da pranzo, girando intorno al tavolo e tornando indietro verso il salotto. Si guardava intorno, sulle pareti vuote, sui mobili appena accostati alle pareti ridipinte. Camminava verso il tavolinetto e tornava indietro. Lo schermo si scuriva di nuovo e lui spingeva il tasto e vedeva illuminarsi il nome e il numero telefonico e abbassava il braccio e continuava a camminare. Era un esame per l'università? Forse ancora non ne aveva mai fatti? Era l'inizio dell'università, certo, lì nella casa, prima che Martina se ne andasse, prima che l'affittassero e lasciassero il quartiere. Uno di quegli esami di cui ancora non si sa nulla e si prepara ogni genere di risposte. Chino sul tavolo in camera da pranzo, i fogli sparsi degli appunti, tutti gli schemi sottolineati in rosso e via a ripetere intorno al tavolo, verso la camera da pranzo, intorno al tavolinetto che c'era allora, un vetro incastrato fra bordi di legno, e sua madre che si raccomandava di non poggiare la tazzina del caffè bollente sul bordo di legno e lui che girava intorno al tavolinetto eppoi di nuovo in camera da pranzo e i fogli in mano e le parole che non gli uscivano, non gliene usciva nemmeno una, nemmeno una. Su e giù, c'erano quadri allora, c'era un dipinto bellissimo di una battaglia, un olio che aveva regalato a sua madre un amico, un vecchio amico pittore, eppoi c'era un manifesto di Spoleto, il Festival dei Due Mondi, eppoi c'era un quadro che rappresentava una corsa di cavalli e il pubblico, la gente che gremiva gli spalti e lui girava, faceva su e giù, su e giù, senza neppure una parola che gli venisse alle labbra. E adesso lo schermo tornava scuro e lui lo riaccendeva, guardava Marco, guardava il numero che conosceva perfettamente e pensava a cosa avrebbe detto e cosa avrebbe detto lui e pensava cosa poi avrebbe potuto dire e tutto diventava complicato e su e giù e su e giù. Era l'esame? Il primo esame. Come cominciare, cosa spiegare, come dirlo. Cercare la voce giusta, le parole forbite, le frasi che non si inceppassero. Fingere che ci fosse una domanda, un'interruzione. «Sì, certo, proprio per questo, però si potrebbe dire». «In fondo, se consideriamo la cosa da un punto di vista diverso, si può anche arrivare a pensare». E su e giù. Ricominciare, riesaminare, schemi di domande e risposte. Marco. Come può rispondere Marco. Cosa dirgli, come salutarlo e dove può essere ora. Al mare, a un bar, a letto. Cosa dire, come parlare, cosa raccontare. A un tratto si fermò, fece pressione sul tasto rosso, s'infilò il telefono in tasca e si lasciò cadere sul divano, schiacciò il volto di fianco sul cuscino e cercò di non guardare più nulla.

Sentì i passi e aprì gli occhi. La vide sull'uscio, accanto alla porta a vetri, le spalle piccole nella camicia bianca, la pelle scura per l'abbronzatura e le rughe sul collo e gli orecchini d'oro con un corallo nero.

«Niente» disse.

«Cosa?» fece lei.

«Niente, basta, non ci riesco, non ho il coraggio, non lo so».

«Ah, il coraggio» disse sua madre. Lo guardava steso sul divano e scuoteva il capo e si allontanò verso la cucina.

«Vuoi un tè?» gli chiese prima di voltare oltre la porticina.

Lui si alzò di scatto e le andò dietro. «Che fai?»

«Cosa?»

«Te ne vai?»

«Vorrei fare un tè».

«Ti ho detto che non ci riesco».

«Lo so, cosa vuoi che ti dica? Ti piace aspettare? Macerarti nel dubbio? Farti prendere da tutti i pensieri del mondo? Fallo».

«Ma no».

«E allora perché resti fermo? Vacci, no? Se non riesci a telefonare, se hai paura di questo attrezzo che tieni sempre in mano, prendi il motorino e vai da Marco. La strada la sai, mi pare».

«Andare da lui. Così. All'improvviso».

«Certo».

«Ci vado, non lo chiamo, ci vado e basta. Posso provare, sì».

«Non devi provare. Se provi non riuscirai mai».

«Facciamoci il tè e vado».

La donna sorrise e scosse ancora il capo e lui la seguì in cucina. Si sedette sullo sgabello mentre lei riempiva la pentolina d'acqua e la metteva sul fuoco. Con il braccio si allungò verso la madia incassata nel muro, aprì lo sportello e guardò fra i ripiani semivuoti. Lì dove un tempo c'era di tutto: barattoli e conserve sul ripiano basso; latte a lunga conservazione, pinoli, frutta secca, semolino, polenta sul secondo ripiano; pasta e riso sul terzo; odori, spezie, barattolini, bustine di sapori orientali sul quarto; biscotti, savoiardi, cacao, caffè, tè, marmellate sul ripiano in alto. Guardò nella madia che adesso era vuota e vide spaghetti e penne sul terzo ripiano e tè e caffè sull'ultimo. Prese la scatolina e la aprì, annusò.

«Lo facciamo col ghiaccio?»

«Sì, il tè freddo, perfetto» disse Lorenzo.

«Freddissimo no, ma quasi. Un po' di ghiaccio e limone anche?»

«Va bene».

Infilò il tè nel pentolino dell'acqua quasi bollente, mentre lui prendeva dal frigorifero il ghiaccio e lo passava sotto l'acqua corrente e cercava di tirare fuori i cubetti.

«Ecco» disse lei, girando col cucchiaino.

Aprì un limone e ne infilò metà nello spremiagrumi metallico, abbassò la leva e tolse la metà spremuta e infilò l'altra, abbassò di nuovo la leva, tolse la cuccuma metallica dal fondo, e riversò il succo nel pentolino, girò mentre Lorenzo infilava gli ultimi due ghiaccioli che non si sciolsero immediatamente.

«Bene» disse lui, «ne avevi messo molto più del necessario, di tè, bene».

«Certo, il ghiaccio poi allunga l'acqua».

«Sì. Se ci vedesse Irma».

«Irma?»

«Se ci vedesse Irma potrebbe maledirci. Il tè freddo non esiste per lei».

«Andiamo di là» disse la donna ridendo.

*

Prima di uscire, Lorenzo si chiuse in bagno, il bagno che era stato suo e di Martina e che ora era di sua madre, si lavò la faccia, si passò dell'acqua sulla nuca. Guardò lo scaldabagno incassato nel soppalco di legno e uscì. Lei lo aspettava all'ingresso. Teneva in mano un pacchetto metallico chiuso in una sacchetta trasparente.

«Sono le uova avanzate» disse.

«Grazie, ma non le volevi?»

«Meglio che le prenda tu».

«Sicura?»

«Certo. Tu le adori, no?»

«Grazie mamma» fece.

«Ci vediamo presto, mi ha fatto veramente piacere».

«Ti chiamo, sì».

«Mi raccomando, Lorenzo, stai tranquillo».

«Sì».

«Facciamo tutti ogni genere di cose buone e cattive, ma l'importante è cercare di capirlo».

Lorenzo sorrise mentre prendeva il casco e le si avvicinava.

Sua madre allungò un braccio, lui si fece avanti e la baciò. Sentì un profumo fresco di acqua di colonia. La guardò negli occhi opachi quasi troppo piccoli tra le rughe profonde che scendevano dalle sopracciglia. Le fece un cenno e uscì sul pianerottolo. Lei avanzò verso lo stipite della porta aperta. C'era il fresco delle scale che entrava e lei si sporse.

«Non prendi l'ascensore?»

«No, preferisco scendere a piedi» disse lui e sorrise, poi si voltò e fece due passi verso le scale, e mentre scendeva il primo gradino sentì il rumore leggero della porta d'ingresso che si richiudeva, la porta accostata, non richiusa tutta insieme, solo accostata, lentamente, fino a chiudersi in un semplice *clac*; e quasi vide la mano di sua madre, la pelle tirata sulle vene, le nocche acuminate, la mano piccola e tenace di sua madre, dietro la porta, che abbassava la maniglia e la rilasciava, quando la porta era chiusa.

Fuori, si fermò sul portone, entro la linea d'ombra della tettoia d'ingresso, respirò, si guardò intorno, non c'era nessuno, voltò dietro l'angolo verso la stradina che scendeva ai garage e si chinò sul motorino. La chiave girò nel bloccadischi e il perno venne fuori umido di olio. Mise un piede sul cavalletto, l'asfalto bruciava e il cavalletto era affondato dentro l'asfalto come in una materia molle e malleabile. Spinse con le braccia facendo leva e il cavalletto scattò. I buchi nell'asfalto erano neri di pece. Prese il casco e lo fece scivolare sui capelli e sulla fronte già umida, lo legò sotto il mento e sentì subito troppo caldo mentre accendeva il motore e scendeva dal marciapiede. Un centinaio di metri contromano e ecco il vialone vuoto, le rotaie del tram scintillanti, l'aria pesante e un odore aspro. Rallentò al semaforo e girò a sinistra, poi si fermò. Passa per via Luzzatti, disse. Passaci, sì, adesso, passa per via Luzzatti, la via perfetta. È la cosa migliore che tu possa fare. Coraggio. Svicolò dal vialone, voltò sulla destra, prese via Conte Verde, attraversò e subito sentì gli odori.

«Perché non studi le piante?» diceva lui e Marco rideva e le enumerava e facevano su e giù il giro sulla via. Era lì che tutto era cominciato. Dopo scuola, tornando a casa, per la strada dove Marco abitava, subito dopo il villino con la torretta e la palma. Il villino dei misteri, così lo chiamava Marco, e avevano cominciato a immaginare: tutto quello che doveva esserci, a ogni piano, su per la scaletta a chiocciola, scricchiolii, legno antico e porte segrete. «Passiamo di qui, vieni» aveva detto la prima volta. «In questa via ci sono tutte le piante di Roma». «Cosa?» «Ma sì, vieni, dove abiti tu? Io abito qui, un po' più avanti, poi se vuoi torniamo indietro insieme». «No, va bene». Così era cominciato tutto. Passavano per via Luzzatti, ogni giorno, con Marco che enumerava le piante e gli spiegava ogni cosa, ridendo. «Questo si chiama Solanum e fiorisce tutta l'estate e non muore mai, è più resistente di qualsiasi cosa, ma non ha odore». «E cos'è questo profumo allora?» «Quello è il gelsomino, ma non si vede, dev'essere da qualche parte, nei giardini interni». «Dove?» «E guarda che c'è anche il profumo dei fiori di arancio o di limone. Forse è quello che senti? Perché negli agrumi e nel gelsomino c'è qualcosa di comune, di simile, e molti li confondono, però se stai attento sono profumi completamente diversi». «Ma tu che ne sai, Marco, che ne sai?» «Mia madre è appassionata» diceva, e così facevano avanti e indietro, tra gli alberghi che stavano aprendo sulla via, le case in ristrutturazione e i giardini segreti che s'intravedevano dietro i muretti sul marciapiede. D'estate, autunno, inverno, fino alla primavera, quando tutto si apriva, e gli odori dei limoni e degli aranci all'angolo su via Statilia inondavano la strada e ogni cosa ricominciava. Per quanto tempo era andata avanti la storia delle piante? Intanto conosceva la madre di Marco e la casa di Marco, e Marco veniva a casa sua e cominciavano le partite a pallone. «No, quelle sono agatee, Lorenzo, agatee, non margherite, non vedi?»

Rallentò col motorino sui primi metri della via. Sapeva tutto a memoria. Erano cose che non avrebbe mai dimenticato. Dal glicine e il pitosforo sull'ingresso del numero 12 fino alle rose bianche al numero 30 e, dalla parte opposta, le statue dei leoni sull'ingresso coperto dai rampicanti, eppoi le aquile, la pietra scura, rovinata dal tempo. Ebbe voglia di correre. Salire sul prato secco fino al muro romano e ridiscendere dall'altra parte. «Lì state attenti, ragazzi» diceva lei, preoccupata. «Attenti, è pieno di siringhe», Marco la guardava e ripeteva col sorriso sulle labbra: «Tranquilla mamma, tranquilla». La salutavano in fretta, salivano e sbucavano oltre la piccola collina, c'erano ancora reti di protezione, sempre reti di protezione per lavori che non si facevano mai e ragazzi che andavano lì con le fidanzate e loro due si mettevano a guardare. Finché non li avevano sfrattati. Sfrattati. Mesi e mesi a rimandare e sperare eppoi nulla: lo sfratto esecutivo. Via dalla stradina perfetta per sempre. Lontani dal sogno della stradina perfetta per sempre. Via Luigi Luzzatti. E chi era Luigi Luzzatti? «L'ho studiato, sai?» disse un giorno Marco, quando ormai il trasloco era cominciato. «Un politico, un economista, un tipo coi baffoni, presidente del consiglio per un anno intero, quasi un anno, in realtà, due giorni meno di un anno». «Ma possibile che tu vada a cercare di capire chi sia Luzzatti?» Possibile che Marco voglia conoscere tutto, abbia questa cultura enciclopedica, dalle piante ai gruppi rock, dagli animali ai film più assurdi? E nemmeno va bene a scuola. «Ma Lorenzo! Luzzatti, il padre dell'edilizia popolare, così dice la targa di marmo sul villino all'inizio della strada, e invece era un economista, non si capisce, bisognava scoprirlo prima o poi». Ma che voleva sapere Marco? Perché voleva sapere tutto? Tirò dritto nel breve contromano di via Statilia e si affacciò su Porta Maggiore. Sentiva caldo e per un attimo pensò di tornare indietro. Così si fermò.

Smosse nell'aria i capelli bagnati di sudore e guardò la grande piazza color fuliggine, le rotaie dei tram, il caos che c'era ogni giorno per tutto l'anno e ora invece era vuota, deserta, infuocata nella calma spettrale da domenica estiva. Tre ragazzi orientali, forse indiani, sbucarono dalla porta romana, maestosa, il travertino annerito dallo smog. «Le porte in realtà sono due, per le due strade, Prenestina e Labicana, ma la via Labicana adesso è via Casilina» dice Marco, «non lo sapevi?» Controllò l'ora su uno degli orologi della piazza, sentì il rumore di un treno sui binari che passavano sul lato opposto, in alto, dietro un muro ricoperto di spruzzi di vernice, graffiti, manifesti strappati. I ragazzi orientali ridevano e scomparvero sotto il ponte dei binari. Si stiracchiò, infilò di nuovo il casco, fece scattare il cavalletto e accese in una pedalata. Accelerò sotto l'acquedotto, superò i binari del tram e quelli del trenino e s'infilò sulla Prenestina, sotto i serpentoni grigi della tangenziale. All'ombra della sopraelevata che s'intrecciava in strade da ogni parte nel cielo, faceva più fresco, l'aria era più leggera e Lorenzo guidò veloce, sporgendosi su un lato per prendere il vento in faccia. La strada era libera e i semafori lampeggianti. Il sole ricomparve poco dopo piazzale Prenestino in una cappa di caldo immobile. Cartelloni pubblicitari vecchi di un mese e anche più, le serrande dei negozi abbassate e polverose, insegne penzolanti tra i rami degli alberelli piantati sui marciapiede. Tirò dritto accelerando forte sulla via libera, si lasciò passare sulla sinistra gli stabilimenti in abbandono della Snia Viscosa. I pini accanto alle rotaie del tram svettavano nel cielo decolorato, respirò l'odore degli aghi di pino bruciati e, rallentando al semaforo che si faceva giallo eppoi rosso, vide il tram numero 5 arrivare sui binari al centro della strada in direzione contraria alla sua.

Il tram numero 5. C'erano ancora i controllori in fondo al veicolo in quegli anni. Loro due salivano spingendosi sul predellino e l'uomo in divisa con le gambe penzolanti faceva segno di calmarsi, staccava due biglietti rosa, Marco pagava. Erano le prime volte della nuova casa dopo lo sfratto. Il tram caldo e i sedili di legno. Marco era un fiume in piena: «Per mesi, mamma mi ha ripetuto che si sarebbe spostata solo in un villino col giardino e che se doveva andare a Centocelle, allora voleva una via dal nome giusto e via delle Ginestre era perfetto. Ma Lorenzo: Centocelle sono tutte vie di piante, capisci?» Ridevano, si andavano a mettere seduti e guardavano passare le strade, tutte le traverse di via Prenestina in un caos di macchine e clacson, e Marco raccontava della Basilica Sotterranea. «L'hanno scoperta lavorando ai binari del treno, me l'ha spiegato un amico di mamma. È una basilica neopitagorica. Si entra solo chiedendo un permesso speciale. È lì, a Porta Maggiore, da qualche parte dove siamo saliti adesso. Proprio davanti alla fermata del tram, credo. Dice lui che si scende parecchio e che è incredibile. Ma tu non hai paura di andare sottoterra, no? Sei mai andato alle Catacombe?» Lorenzo faceva segno di no e si poggiava contro lo schienale e indicava ridendo la targhetta sopra la finestra: «Vietato parlare al conducente. Vietato sputare». Marco apriva le braccia, sbuffava: «Dice che ci sono affreschi stupendi. Saffo che si butta dalla rupe. Era un luogo magico, riti misterici, duemila anni fa, dobbiamo andare assolutamente, diciamolo a Leonardo». «Papà? E perché?» «Ma certo, sicuramente si diverte. È quel tipo di cose che poi magari ci passiamo la giornata, tutta la giornata, magari andiamo da qualche parte a mangiare, sai com'è tuo padre». «Appunto, proprio perché lo so». «E allora?» «Allora basta. Basta con questa storia». «Ma quale storia?» Chiudeva gli occhi, Lorenzo, e grugniva: «Basta, non ne posso più». «Perché?» faceva Marco ancora sorridendo. «Leonardo, sempre Leonardo. Lascialo stare papà». «E perché? È un genio, assolutamente un genio, tuo padre». «Ma che dici? Non capisci». «Ma certo, sei matto, è un genio» ripeteva stendendo le braccia sulle ginocchia. «No, tu no. Tu non lo conosci mio padre». Allora Marco lo guardava un attimo e con la voce bassa, facendosi serio, scandiva le parole: «No, non lo conosco, certo, hai ragione, ma non conosco nemmeno il mio, purtroppo».

Sentì che, dietro di lui, suonavano il clacson. Era verde, accelerò, riprese a tirare dritto sulla strada, vide due macchine superarlo e un altro motorino che sfrecciava in direzione opposta. Per un attimo una nuvola coprì il sole e la strada si fece più buia all'improvviso, proprio mentre cominciava a costeggiare l'alta cancellata di villa Gordiani. S'intravedevano i prati bruciati e deserti e solo a guardare la villa veniva da sentire il caldo atroce, l'afa soffocante. Il motore in salita perdeva colpi, sui marciapiede infuocati volavano cartacce. Superò il semaforo e si lasciò andare sulla discesa con la faccia al vento, il vento caldo, al lato del parabrezza. Accelerò fino al grande incrocio gridando qualcosa nell'aria come se ci fosse una canzone che potesse liberarlo prima di essere troppo vicini. Gridò forte. Le rotaie del tram numero 5 proseguivano dritte su via Prenestina, ma lui rallentò al rosso e siccome non c'era nessuno accelerò di nuovo a destra sulla grande via di Tor de' Schiavi. Si sentì alto il volume di una tv e le urla di qualcuno dentro una casa, poi Lorenzo guardò soltanto davanti a sé, mentre le macchine parcheggiate in massa al centro del viale sfilavano via in un fuoco di riverberi scintillanti, guardò soltanto davanti a sé fino a Largo della Primavera. Rallentò, vide più in là le lamiere gialle della nuova metropolitana in costruzione, il silenzio era assoluto. Voltò, percorse un breve tratto contromano e imboccò via delle Acacie, sentì il cuore battere forte e si concentrò ancora sulla strada fino all'incrocio di via dei Castani, di nuovo le rotaie del tram numero 5 e a sinistra, davanti al bar chiuso, la loro fermata, la fermata dove scendevano di corsa o dove Marco lo riaccompagnava spesso quando tornava a casa la sera. Ancora un tratto di strada nel silenzio spettrale della domenica, nessuno che fosse in giro, ancora poche centinaia di metri finché, prima di arrivare all'incrocio, vide sulla destra il portoncino con i leoni e le aquile e si fermò. Si tolse il casco, guidò lentamente rinfrescandosi, poi voltò su via dei Ginepri e scese fino al vicoletto che tagliava la via sulla sinistra, accostò all'angolo, tirò su il motorino, poggiò il casco sopra alla sella e finalmente alzò la testa e guardò le finestre e vide che erano tutte aperte e che in giardino non c'era nessuno. Attraversò indietro verso l'alta palazzina grigia dall'altra parte della strada e si poggiò contro il muro dove l'aria fresca degli orti si muoveva in un refolo di vento.

Hai aspettato abbastanza, fece. Alzò gli occhi e guardò il cielo attraverso le foglie a cinque punte degli alberi di storace americano che costeggiavano tutta la via. Tornò a guardare la casa di Marco all'angolo di via delle Ginestre. Aprì le braccia e si stiracchiò. Basta. Pensa solo a te, Lorenzo, solo a te. Immaginò le stanze, la casa che conosceva perfettamente, la camera da letto sull'interno e il salottino che si affacciava sul giardinetto, i tre scalini coperti di mattonelle verde chiaro, scivolose, pericolose con la pioggia. Guardò la pergola sull'altra portafinestra e niente si muoveva. Non ci vuole nulla, disse, tre metri e una parola, un nome. Si staccò dal muro e attraversò di nuovo la strada, passò accanto al motorino e sentì il petto che tremava e il respiro spezzato e la voce che non c'era e si schiarì la gola con una specie di gorgoglio, poi fece: «Marco, Marco». L'aria della strada era immobile, il sole filtrava a spicchi attraverso gli alberi dalle foglie a cinque punte striate di giallo. «Marco» gridò di nuovo. Vide qualcosa muoversi di inaspettato, un movimento che non veniva dal giardino, un colore che lo colpì dove non sapeva. Alzò gli occhi sul terrazzetto del piano di sopra e c'era lui lì, Marco, proprio Marco, poggiato alla ringhiera, una maglietta giallina e calzoni di tela blu, piedi nudi, i capelli lunghi disordinati, ricci arruffati come se stesse dormendo. Era lì, le braccia abbronzate tese sulla ringhiera che proteggeva il terrazzetto sopra alla sua cucina.

«Marco» disse, «che fai?»

«Come?»

«Perché sei lì?»

«Eh» fece lui.

«Sono venuto».

«Lo vedo».

«Ma non mi aspettavo».
«No».
«No, dico, lì, il terrazzo, hai cambiato casa?»
«Mi sono allargato».
«Davvero?»
«Sì».
«Magnifico».
«Sì».
«Ti disturbo?»

Non rispose. Tolse un braccio dalla ringhiera e si passò la mano sulla testa.

«Volevo parlarti. Un attimo».
«Adesso?»
«Sì, sono qui, se puoi».
«Ma».
«Sennò torno un'altra volta».
«No, va bene, cinque minuti e arrivo».

Fece un gesto con la mano aperta e tornò dentro. Lo vide mentre chiudeva la portafinestra del terrazzo. Tenne lo sguardo puntato sulla porta della cucina e la pergola davanti e il rampicante che copriva la rete di protezione, ma il rumore venne dall'altra finestra, sull'angolo lungo del giardinetto. Vide l'anta di legno bianco che si richiudeva, il braccio di Marco abbronzato la tirava a sé. Adesso si sentiva più leggero, come se fosse ridicolo aver aspettato tanto, come se tutto fosse molto più semplice del previsto. Si mosse verso il motorino, prese in mano il casco e lo infilò nel bauletto. Sentì la portafinestra della cucina che si chiudeva in un rumore sordo e quando si voltò era tutto chiuso e dopo qualche altro minuto vide il portoncino metallico aprirsi sotto alla piastrina del numero civico 1 e Marco che usciva così come era vestito prima, solo le infradito ai piedi e il volto disteso ma privo di espressione, la pelle abbronzata e più magro, molto più magro di un tempo.

Gli venne incontro e fece un movimento come per aprire le braccia ma Marco restò fermo e disse: «Ciao Lorenzo». Lui abbassò le braccia e mormorò: «Grazie di essere uscito». Marco scosse il capo e fece un risolino. «Facciamo due passi» disse.

«Magari».

«È tutto chiuso, però forse un posto c'è».

«Sì».

Marco indicò via dei Ginepri e cominciarono a scendere all'ombra degli alberi, poi voltarono su via degli Olivi e camminarono in silenzio verso le scalette.

«È tuo anche il piano sopra adesso?» disse Lorenzo.

«Da un po', sì».

«Era uno dei tuoi sogni».

«Sì».

«Ma dicevi che non avrebbero mai venduto».

«E invece hanno venduto».

«E hai fatto una scala interna?»

«Una scala a chiocciola, sì, ma non è che poi mi mandi i vigili?»

Lorenzo scoppiò a ridere e mentre scendevano le scale si voltò e lo guardò e anche Marco sorrise.

Costeggiarono la rete metallica che separava la parrocchia di S. Bernardo di Chiaravalle. Marco disse che da quando avevano costruito la chiesa di Tor Tre Teste il campanile cubista di S. Bernardo non faceva più effetto a nessuno. Sulla Palmiro Togliatti, camminarono di nuovo in silenzio, passò una macchina velocissima, si sentì uno stridio di freni, un clacson.

«Guarda come si proteggono» disse Lorenzo.

«Cosa?»

«La rete della parrocchia. Siepi, rampicanti, per proteggersi dalla strada».

«Certo, ma non sai dall'altra parte, adesso vedi».

Marco gli fece segno di voltare a destra. La stradina era polverosa. C'era terra e asfalto rotto, e sull'altro fianco della parrocchia la rete era coperta da un telo più scuro per impedire la visuale sui campetti dell'oratorio. Lorenzo scosse il capo, scalciò una lattina che alzò una nuvola di terriccio. Striscioni pubblicitari penzolavano sul muro che separava i campi di calcio. Faceva caldissimo, sembrava di camminare in una conca, fra il muro e la rete dell'oratorio, cumuli di lattine sparse per terra insieme a sacchetti di plastica e scatolette.

«Forse il bar è aperto» disse Marco indicando la porticina sul muro.

Entrarono. Sul campo da calcio c'erano ragazzi che parlavano accanto alla porta. La tribuna inondata di sole era vuota, subito a destra c'era il chioschetto sotto l'insegna Minibar, una donna dentro leggeva.

«Visto?» fece Marco.

«Che vuoi? Un caffè?»

«No, no, gelato».

Si avvicinarono, la donna li guardò alzando gli occhi dal giornale e rimase seduta mentre loro controllavano la tabella metallica dei gelati confezionati.

«Io caffè e gelato: affogato» fece Lorenzo.

«Ah, giusto, anch'io, allora».

«Può farci due caffè, per favore?» disse Lorenzo, e la donna poggiò il giornale e si alzò senza dire nulla. «Per affogare il gelato» fece ancora lui.

La donna non rispose. Schiacciò bene il caffè macinato nel braccetto metallico, lo inserì sotto alla bocchetta dell'acqua calda, diede una spinta forte verso sinistra eppoi, dopo aver premuto il pulsante sulla macchina, mentre il rumore partiva, si voltò e chiese quale gelato volessero. Lorenzo lo indicò sulla tabella e lei si piegò infilando un braccio nel frigorifero e tirò fuori due vaschette, le poggiò su piattini da cappuccino, le aprì, ci versò sopra i caffè e diede loro due cucchiaini. Lorenzo pagò.

«Ci sediamo sulla tribuna?» Marco guardava il campo di calcio.

I ragazzi davanti alla porta si mossero. Un uomo sulla quarantina camminava verso il dischetto del rigore con il pallone in mano. Superò il dischetto di qualche metro. Poggiò il pallone e si voltò. I ragazzi erano tutti accanto al palo della porta. Si sentì un fischio e i ragazzi spintonarono uno di loro ridendo. Quello si mise in porta. L'uomo tirò e il ragazzo si tuffò sul fianco e bloccò il pallone e lo tirò di nuovo all'uomo facendolo scivolare sull'erba secca con un movimento studiato. L'uomo fermò il pallone con il piede e tirò di nuovo in porta dove un altro ragazzo aspettava, si tuffò ma il pallone entrò in porta, gonfiò la rete e gli altri urlarono mentre lui prendeva il pallone e con lo stesso movimento del ragazzo di prima lo lanciava indietro.

«Con questo caldo solo i portieri si possono allenare» disse Marco.

«Ti piacerebbe?»

«Figuriamoci».

«Ma chi sono? Li conosci?»

«No, macché, non gioco più, non vengo mai. Eppoi qui si allenano tantissime squadrette, e ci sono scuole di calcio da tutta Roma, impossibile conoscerli».

«Non lo organizzano più il torneo?»

«No. Ormai, lo vedi? È un posto molto professionale. Vogliono addirittura mettere l'erba sintetica».

«Sintetica?»

Marco fece una smorfia e non disse altro. Guardavano i ragazzi che si tuffavano sull'erba giallastra, sollevando nuvole di polvere. Il sole era fortissimo e non si muoveva un filo d'aria.

«Com'è andata la tua estate, Marco?»

«Bene» fece, poi si voltò: «E tu, come va?»

«Benino».

«Poi sei partito sì? Sei nero».

«Sì sì, sono partito».

«Grecia?»

Si sentì un fischio dal campo e l'uomo che tirava in porta gridò qualcosa e i ragazzi fecero silenzio e rimasero fermi in piedi per qualche secondo, poi ricominciarono a alternarsi in porta, uno dopo l'altro, parate in tuffo e pallone lanciato al limite dell'area.

Lorenzo poggiò le mani sulle ginocchia, distese le braccia e si chiuse un po' tra le spalle, poi si girò.

«Mi sei mancato».

Marco guardò il campo da calcio.

«Ti ho pensato spesso» disse ancora.

«Sì?»

«Sì».

«E che pensavi?»

«Non lo so, niente di chiaro, mi mancavi».

«Sei mancato molto anche a me, Lorenzo. Parecchio tempo fa».

«O forse se io non ci fossi proprio mai stato sarebbe stato meglio, no?»

«Sì, forse sì».

«Lo so, mi spiace».

«Ti spiace?»

«Non so come dire tutto, ora».

«Davvero?»

«No» fece Lorenzo. «Vorrei parlarti ma mi rendo conto che è inutile».

«E allora perché sei qui?»

«Ecco. Sono qui».

Marco si voltò e alzò le spalle.

«Qui. Sono qui» disse di nuovo Lorenzo. «Non è semplice. Non posso chiederti scusa, lo so».

Marco guardò il campo. L'uomo aveva preso altri palloni e i ragazzi adesso calciavano e si tuffavano a coppie, a pochi metri di distanza, velocemente, a ogni fischio dell'uomo. Lorenzo si voltò di nuovo verso di lui, alzò una mano nell'aria poi l'abbassò sulla gamba.

«Non sono venuto a chiederti scusa. Sarebbe ridicolo. Non è quello il punto».

«No».

«Vorrei solo che tu sapessi che non c'è mai stato nulla contro di te e anzi, be', non so, non so come siano andate le cose, non riesco più a capirlo. Se ci ripenso non riesco più a capirlo».

«Neanche io Lorenzo. Non ci sono mai riuscito».

«Però prima mi sembrava di capire qualcosa, forse Sara».

«Sara? Cosa Sara?»

«Sì, forse prevaleva questo».

«Cosa questo?»

«Sara».

«Cioè?»

«Qualcosa che è stato più forte di me».

Marco fece un sorriso e poggiò la vaschetta di gelato accanto a sé sulla tribuna.

«Poi non lo so» disse Lorenzo, «poi è morto papà, tutto è stato diverso».

«Sì, forse però...»

«Forse niente, non c'entra papà. Voglio dire, non sono qui per questo. Sono qui per te».

«Sì».

«Il tuo messaggio. Il tuo messaggio era bellissimo, l'ho letto mille volte, l'ho letto e riletto».

«Leonardo è stato molto importante per me, lo sai».

«Quella sera me la ricorderò per sempre. Cioè, mi ricorderò questo, in particolare».

«Cosa?»

«Che mi sei sembrato la persona più vicina che ci fosse, quello che veramente poteva capire e sapeva dire quello che era possibile dire. Però eri l'unico che non c'era».

«Non potevo, Lorenzo».

«No, Marco, lo so, lo so», fece un gesto e sbuffò, poi guardò i ragazzi davanti alla porta. «Lo so, lo sapevo, non immaginavo certo, ma mi sei mancato».

Marco non disse nulla, Lorenzo infilò il cucchiaino nella vaschetta dove ormai il gelato era sciolto.

«Andiamo da qualche parte all'ombra?» fece, e Marco subito si alzò.

Usciti dalla porticina, costeggiarono il muro. Dall'altra parte della strada il circolo bocciofilo era aperto, si vedeva l'ombra delle piante che coprivano il cortile e teste di vecchi seduti a riposare e la pista vuota. Sembrava fosse fresco, lì. Tirarono dritto e voltarono a sinistra verso il parco. Il prato completamente giallo, la terra secca, gli ulivi e le cicale, e in giro non c'era nessuno.

«Andiamo là» disse Marco.

Lorenzo lo seguiva.

Salirono su una specie di collinetta oltre il parco giochi deserto. C'era ombra nella pineta e si andarono a sedere su una panchina mezzo rotta. Lorenzo raccolse due aghi di pino e li staccò dal punto in cui si univano. «È impossibile dire quel che ho pensato» fece. Cercava di avvolgere i due aghi di pino l'uno attorno all'altro finché uno non si spezzò, li unì in una palletta e la tirò via. «Non avrei mai voluto fare a te quello che ho fatto».

«Però l'hai fatto» disse Marco.

«L'ho fatto».

«E non hai nulla da dire».

«No, non ho molto da dire».

«E allora perché sei qui?»
«Perché tu sei il mio migliore amico».
«Lorenzo» disse Marco aprendo le braccia.
«No, lo so, aspetta, lo so. Eri il mio migliore amico. Non c'era nessuno come te».
«Ma quello che uno fa non è senza conseguenze, Lorenzo».
«No, certo».
«E quindi sei qui ora. Ma non sarai qui domani».
«No».
«E allora?»
«Ma può essere diverso no?»
Lorenzo raccolse un sassetto e lo liberò dalla polvere e lo passò velocemente fra il pollice, l'indice e il medio e lo lanciò in aria e lo riprese. «Ci sono cose che non si possono prevedere. Quando è morto papà mi sembrava che tutto fosse segnato e che non ci fosse molto spazio. Spazio per decidere, cambiare, riprendere in mano certe cose. Per molto tempo non ho neppure pensato di poter venire qui, Marco. E invece si può venire, ecco».
«Si può, ok, si può. E dopo?»
«Dopo non lo so».
Nella pineta, in quella parte più alta del giardino, sembrava che l'aria si muovesse e che l'estate torrida stesse davvero per finire. Lorenzo si passò una mano sulla nuca e cercò di scuotersi. Marco restava fermo, appoggiato allo schienale della panchina di legno, le braccia larghe. Si sentivano macchine passare sulla Palmiro Togliatti e le cicale e rumori veloci tra l'erba secca, come di lucertole.
«E insomma, Marco, volevo vederti» disse Lorenzo, e lo guardò negli occhi, come se fosse successo qualcosa e adesso potesse finalmente farlo. «Volevo vederti. Non credevo di riuscirci mai. E non pensavo che l'avrei fatto e, insomma, non me lo sarei aspettato nemmeno io e fino a pochi mesi fa non rientrava proprio tra le cose possibili, capisci?»

«No».
«Volevo parlarti e volevo che tu parlassi con me».
«Con uno che mi dava consigli su come fare con la mia donna e intanto se la scopava?»
«No».
«Perché, Lorenzo, vedi, questa è la cosa che non capirò mai. Come hai potuto tu continuare a essere mio amico, fingere di essere mio amico, mentre stavi con la mia donna, e non una con cui io stavo da tre giorni, ma da sei anni. Eh? Come hai fatto?»
«No, però, non era...»
«Non era così. No, hai ragione. In più c'era che parlavi con me, parlavi con me della tua crisi con Carolina e parlavi con me della mia crisi con Sara. Ma chi sei tu? Sei un mostro?»
Lorenzo lo guardò senza rispondere.
«Come si fa? Questo non riesco a capire. Come si fa».
«Non è stato veramente così. Ma non importa, lo so, hai ragione».
«Non è stato veramente così. Vuoi vedere il mio telefono?»
«Cosa?»
Marco tirò fuori il cellulare dalla tasca dei calzoni di tela.
«Lo vedi? È un cellulare nuovo».
«Sì».
«Tu non l'avevi mai visto».
«No».
«Ma dentro c'è una carta che contiene la mia storia, lo sai?»
«Che vuoi dire?»
«I numeri di telefono, i messaggi».
«Certo».
«Vuoi rileggere i messaggi che mi scrivevi quando già vedevi Sara?»
«Cosa?»
«Sì, vuoi rileggerli?»

«Ma forse...»

«Forse no, vero? Forse preferisci non rileggerli». Abbassò il braccio e fece scomparire il telefono in tasca. «Perché ci sono i tuoi consigli. Anzi, in uno c'è scritto: 'Tutto tornerà come un tempo, ne sono sicuro'. C'è scritto così. L'ho letto milioni di volte».

«Sì».

«Tutto fra me e Sara, non fra te e me».

«No».

«Tutto fra me e Sara. Tu dicevi questo mentre a stare con Sara eri tu».

«Io».

«E adesso vuoi dirmi che tutto tornerà come un tempo fra te e me?»

«Non lo so».

«Noi eravamo amici fin da bambini. Eravamo amici veri. Tutto abbiamo fatto insieme, ci siamo raccontati ogni cosa, abbiamo sofferto insieme. Passioni, studi, tutto. E come hai fatto?»

«Non lo so».

«Non te lo sei spiegato? Non hai cercato una spiegazione?»

«Forse Sara, come era fatta lei».

«Ma Sara che? Sara lasciala stare. Lei ha fatto le sue cose orribili e su quelle ce l'ho con lei, non con te. Ora parlo con te. E non basta che tu sia qui. Non si cancellano le cose».

«Lo so, ma non sono qui per cancellare nulla».

«Una volta stavo tornando a casa e non ce la facevo proprio a pensare a te che eri stato con Sara mentre mi davi consigli. Tra i tanti, questo è stato un pensiero atroce sai? E quella volta non ce l'ho fatta. Pensavo a te che già stavi con lei e intanto mi parlavi, eri te, come sempre, eri lì, mi ascoltavi, perché noi eravamo in crisi certo, e mi davi consigli, mi davi consigli su come superare la nostra crisi. Non ce l'ho fatta, non ho resistito. Sono tornato indietro, sono venuto a casa tua, volevo chiedertelo, forse volevo fare qualcos'altro, la rabbia era enorme, non lo so. Ma tu non c'eri, per fortuna, tu non c'eri. Era una giornata di merda, pioveva, era buio, pensavo: Magari adesso incontro anche Sara. Ma sono venuto. Perché certe cose non riesco a capirle. Non ci riuscirò mai. Come si può? La decenza no?»

«Sì, la decenza» disse Lorenzo, e si chiuse nelle spalle.

«Non eri sempre tu a parlare di decenza, di forme, di qualcosa da rispettare?»

«Sì».

«Perché nella merda del tradimento c'è sempre qualcosa che acuisce il dolore e quella cosa sta nelle forme, quando anche la decenza scompare».

«Lo so».

«Tu potevi fare la stessa cosa e sarebbe ugualmente stato uno schifo, ma perché parlarmi?»

Lorenzo teneva gli occhi puntati sulla panchina di legno scrostato e muoveva un piede sulla terra. Rimasero seduti qualche minuto, in silenzio. Marco annusava l'odore della resina che aveva sul fianco del pollice dopo aver giochicchiato con una pigna. Lorenzo continuava a disegnare con il piede un cerchio sulla terra.

«Mi sembra intollerabile non poterti vedere più».

Marco non rispose. Passò il dorso della mano sotto il naso un'altra volta eppoi raccolse la pigna e la diede a Lorenzo.

«Senti che odore» disse. «Niente è come la resina».

Lorenzo prese in mano la pigna e annusò, chiuse gli occhi e li riaprì guardando il cielo fra i rami dei pini. Marco si abbandonò indietro sullo schienale mezzo rotto della panchina, infilò entrambi gli indici tra i riccioletti lunghi sulla nuca e li liberò e disse: «Senti, senti il vento». Lorenzo anche si stese con la testa all'indietro. C'erano i pini altissimi nel cielo talmente caldo che sembrava bianco. I rami enormi, le cime delle chiome verdi, alte da farsi prendere dalle vertigini. Poi Marco lo strinse per il braccio, gli fece un cenno con la testa e Lorenzo si mosse. Si alzarono e si avviarono verso l'uscita del parchetto, in via dei Pini. La strada era vuota, non dissero nulla. Voltarono su via degli Olivi e di nuovo salirono sotto gli alberi di via dei Ginepri.

«Tua madre come sta?» chiese Lorenzo.

«Bene, lo sai, sta in campagna sempre ormai, e lì sta benissimo. E tua madre?»

«Benino».

«Pietro mi ha detto che era tornata a vivere con Leonardo».

«Non proprio, ma quasi».

«E ora?»

«Ora ha ripreso la casa di Piazza Vittorio».

«Cosa?»

«Sì».

«Ci è già tornata?»

«Vengo da lì».

«Non posso crederci» disse attraversando.

«È un po' agitata, forse».

«Certo, immagino».

«Marco».

«Sì».

«Secondo te perché papà stava sempre con noi?»

«Come?»

«Dico, pensavo: in fondo con Martina, Emilia e le altre stava pochissimo. Non ti pare?»

«Be', si divertiva di più con noi, Lorenzo. Facevamo cose più divertenti».

«Credi?»

«Sì, facevamo cose più divertenti e lui stava meglio con noi».

«Forse».

«Sicuro. Leonardo è stato come un padre per me, lo sai».

«Lo so».

«Mi ha insegnato mille cose. Credo volesse insegnare».

«Insegnare?»

«Sì, penso che avesse voglia di insegnare. Io gli devo tanto».

«Ti voleva lui un bene enorme».

«Lo so» fece Marco, e accennò un sorriso.

Si fermarono all'angolo, davanti al numero 1 di via delle Ginestre. Marco alzò la testa e lo guardò, si mise una mano in tasca e tirò fuori le chiavi. Lorenzo si avvicinò ma Marco stese il braccio davanti a sé e gli diede la mano.

«Un giorno magari mi farai vedere casa tua, come l'hai cambiata, la scaletta a chiocciola, mi piacerebbe».

«Vieni coi vigili» fece Marco, e scoppiò a ridere. Lorenzo scuoteva il capo e lo guardava e lui, sempre ridendo, smosse i capelli arruffati e aprì il portoncino metallico.

Lo vide entrare nel buio e scomparire dietro la porta che si richiudeva. Pensò a dove potesse essere la scala a chiocciola. Aprì il bauletto, s'infilò il casco e accese il motorino. Guidò in salita contromano fino all'angolo del bar di Gerardo, voltò davanti a Zio Dante, cucina casareccia dal 1948, la saracinesca abbassata, accelerò verso via dei Castani e voltò a destra sulle rotaie. Il piacere di vedere Marco era passato in un attimo. Sentiva l'animo pesante, c'era come qualcosa di doloroso, qualcosa che improvvisamente era più doloroso che mai. Guidò fino alla Prenestina lentamente, e quando si fermò al semaforo vide che le macchine erano molte più di prima, passavano sulla strada in direzione del centro, tornavano dalle spiagge e dalle campagne. Divenne verde e Lorenzo s'infilò sulla grande via sentendo qualcosa che premeva dentro. Vide un bar aperto, si fermò, entrò e prese una bottiglia di birra, se la fece aprire e tornò al motorino e la tenne fra le gambe fino all'ingresso di villa Gordiani.

*

La giostra era chiusa, il baracchino del bar anche e c'erano due vecchi seduti all'ombra a leggere un giornale e forse qualcun altro in giro con un cane perché si sentivano brevi grida stridule e fischi come di richiamo. Lorenzo scalciò una lattina e camminò lungo la rete sulla destra del parco. Si sedette su una panchina in parte all'ombra e bevve. Pensò a tutte le partite a pallone lì e a tutte le volte che venivano a giocare, anche d'inverno e la follia e la lontananza. Quel gennaio in cui non poteva uscire, un mese intero a casa, e l'amico che non veniva. C'era sua madre che lo accudiva, la spremuta d'arancio di prima mattina, il plaid davanti alla televisione, i giornali.

«Marco abita troppo lontano ora, è per questo che non viene a trovarti» dice sua madre, e lui non si muove, lì, davanti alla televisione, steso sul divano con un braccio piegato dietro la nuca. «Lorenzo? Hai capito? Non pensare male». Lui non dice nulla e continua a guardare la televisione. «Vuoi dell'altro tè?» fa, e siccome lui non risponde si muove verso la cucina e allora Lorenzo mormora: «Il telefono esiste o no?» «Cosa?» «Il telefono esiste o no?» ripete. Sua madre allarga le braccia, chiede ancora se voglia del tè e gli dice che fra poco dovrà uscire ma è solo per fare la spesa e in qualche minuto dovrebbe tornare anche Martina. Lui continua a guardare la televisione e fa cenni di assenso. «Mi raccomando, non aprire finestre, non prendere freddo in nessun modo» dice mentre esce di casa, coperta da una sciarpa colorata e un cappello verde. Qualche minuto e suona il telefono e c'è suo padre che gli chiede come vada, se la tosse sia un po' diminuita e quando il medico pensa che la broncopolmonite sarà finita. «Vengo a trovarti domani» gli dice alla fine, e lui lo ringrazia e attacca e si rimette davanti alla televisione. Poi arriva Martina con una sua amica. Entrano ridendo e lei lo bacia e l'amica gli chiede come stia e se faccia male la polmonite e lui dice di no e sorride. Quando sono di là a studiare lui spegne la televisione e si mette a leggere un libro, accendendo il grande lume del salottino d'ingresso e dopo qualche minuto Martina compare, si china sul divano e gli dice: «Perché non lo chiami tu? Dovresti chiamarlo tu, no? Che è? Una battaglia?»

Si mise di fianco sulla panchina, sentiva il petto ardere, bevve un altro sorso di birra e infilò la mano in tasca e guardò il telefono e vide che era spento. Tenne premuto il tasto rosso e lo schermo s'illuminò, un dito prese forma, la musichetta suonò e i numeri dell'ora si materializzarono sopra alla data. Tenne il telefono in mano finché non sentì le vibrazioni che segnalavano i messaggi in arrivo. Bevve ancora. Con il pollice sbloccò i tasti e aprì e vide le chiamate perse di Sara e un messaggio in cui gli chiedeva dove fosse e se allora avesse deciso di andare da lei al mare, poi un messaggio di sua madre che lo ringraziava per il pranzo, per i fiori e per il gelato e per come erano stati bene. Bevve e formò il numero telefonico di Sara e attese ma il telefono suonava occupato. Provò di nuovo e il segnale era lo stesso. Chiuse il telefono e lo infilò di nuovo in tasca. Si alzò e camminò verso il monumento romano.

«Erano terme, queste». «Ma tu che ne sai?» «Dai, c'è scritto». «Stronzo». Marco scende lungo le mura e gli fa segno di non dire nulla. «Sssss», l'indice sulle labbra, cammina come in punta di piedi. L'erba è alta e fa fresco, il sole scende presto, e loro due camminano sulla breve discesa passando rasente la siepe che protegge altre mura romane. «Che c'è?» «Sssssssss». Lo segue. Marco cammina un po' chino come se si preparasse a uno scherzo, ma vede che si ferma sul limite della siepe e gli fa segno di avvicinarsi. Lui fa due passi come in punta di piedi, arriva dietro a Marco e sporge la testa. Tra la siepe e la rete metallica che poi separa il giardino dalle scuole prefabbricate, c'è un ragazzo steso in terra e una ragazza sopra con la gonna che le scende sulle gambe e lui con gli occhi chiusi e lei che si muove velocemente e i sospiri sono inequivocabili. Marco lo guarda sgranando gli occhi, Lorenzo si ritrae e scoppia a ridere, si copre la bocca e cerca di non farsi sentire, poi inizia a correre indietro e Marco lo segue ridendo e alla fine gridano, ridono a crepapelle, si buttano sul prato e ridono senza più freni e si rotolano sull'erba umida.

Scese giù lungo la siepe, fece piano, come se anche stavolta ci fosse qualcosa da scoprire. Il piccolo spazio di prato fra la rete e la siepe era erba bruciata e terra e una sensazione di caldo asfissiante. Prese di nuovo il telefono, sbloccò i tasti e compose il numero di Sara. Era ancora occupato. Continuò a camminare, bevve l'ultimo goccio di birra, tenne la bottiglietta per il collo facendola ondeggiare tra l'indice e il medio, poi si avvicinò a un secchio metallico e ce la buttò dentro. Un bagno ora, un bagno al mare. Dovresti andare. Sarebbe perfetto. Aprì le braccia sotto il sole caldissimo e gridò una specie di ruggito verso il cielo azzurrino. Si mise a sedere, riprese il telefono e chiamò di nuovo e ancora era occupato. Un bagno al mare, ecco cosa ci vorrebbe. Adesso, proprio adesso, un bel bagno al mare. E Martina che gli dice: «Chiamalo tu no?» e sua madre che gli dice: «Puoi parlarci, puoi parlarci, quello è l'importante», e suo padre che fa: «Figurati, Lorenzo! È semplice, davvero semplice, tutto sempre molto più semplice di quanto non sembri». Semplice, tutto semplice. Si sentiva meglio, adesso. Abbandonò la testa all'indietro e guardò su verso la chioma ampia e tremante degli alberi e respirò e chiuse gli occhi. Faceva più fresco. Il mare non era così lontano.

Si alzò in piedi di scatto e schiacciò sul tasto verde e il numero di Sara partì e il suono era sempre lo stesso. Camminò verso l'uscita del parco. Pestò i piedi sulla ghiaia polverosa. Le mani che bruciano quando cadi in terra, e la fontanella e l'acqua fredda sui graffi e l'acqua che scende dal nasone e gocciola dritta oltre la piccola grata, il suono dell'acqua, una specie di eco. Si fermò davanti alle giostre e schiacciò una volta ancora il tasto verde e ancora era occupato. Allora guardò fra le chiamate effettuate e vide la prima che aveva fatto, era passata quasi mezzora. Con il telefono in mano, guardò i cavallini bianchi della giostra, le luci spente, e i colori di ogni genere. Cercò i vecchi seduti alla panchina sotto il grande platano e gli vennero in mente le teste bianche del circolo bocciofilo, poi si voltò verso la Prenestina, il cancello di ferro battuto e, dietro, le macchine che sfilavano. Spinse ancora sul tasto verde, sempre occupato. Restò immobile, non si mosse, fissò il cancello, fissò la strada. Guardò il telefono, provò di nuovo. Con un movimento veloce lo staccò dall'orecchio e tenne gli occhi sullo schermo. Rimase fermo per qualche secondo, poi cominciò a spingere sui tasti velocemente. Fece scorrere la rubrica fino alle impostazioni, entrò dentro e cercò con cura, sperava di ritrovare subito il percorso che gli avevano insegnato. Spinse su Impostazioni del telefono, passò su ogni applicazione ma non trovò nulla. Allora provò fra le Impostazioni di sicurezza. Dove sei, perdio? Dove sei? disse sottovoce, e con il pollice passò su Impostazioni chiamate, entrò e lo vide: Invio propri dati. Doveva essere quello. Uscì dalla scelta predefinita, eliminò l'invio dei propri dati, diede l'ok perché il suo numero non comparisse, poi tornò sulla rubrica e chiamò ancora Sara e ancora era occupato. Allora formò il numero di Marco. Quanti secoli era che non lo formava così, come stava facendo ora? Nel pomeriggio l'aveva guardato e riguardato, ora lo stava digitando e la linea, da qualche parte, nell'aria, si sarebbe connessa. Vide il numero ballonzolare nello schermo e portò il telefono all'orecchio, aspettò che prendesse la linea e il suono occupato rispose. Con le mani tremanti provò di nuovo e ancora era occupato. Si alzò e chiamò Sara. Occupato. Chiamò Marco. Occupato. Camminò verso la rete metallica e il monumento romano, girò attorno al cancello, raccolse una specie di spiga giallognola e la gettò via, continuò a camminare nel giro che aveva compiuto poco prima. Chiamò ancora e ancora era occupato a entrambi i numeri. Si stese per terra e sentì l'erba secca e dura e la terra bruciata e un dolore alla schiena lo fece incurvare sul bacino e si rialzò e compose i due numeri e sentì che era occupato a entrambi. Allora telefonò a sua madre. Dopo pochi squilli la voce rispose con grazia.

«Mamma».

«Ah, sei tu?»

«Ciao».

«Ciao».

«Non si vedeva il mio numero nel telefono?»

«No, era come una telefonata privata».

«Ah».

«Lorenzo?»

«Sì».

«Che succede?»

«Niente, no, niente, scusa, mi ero distratto».

«L'hai incontrato Marco?»

«Sì, ecco, proprio questo volevo dirti».

«Com'è andata?»

«Bene, bene, cioè non proprio, però almeno sono andato, volevo dirtelo».

«Cosa?»

«Che ci siamo visti, ecco».

«Mi racconterai?»

«Sicuro, mamma, per questo ti chiamavo».

«Lorenzo».

«Adesso ti saluto, poi ti racconterò con calma».

«Lorenzo».

«Sì».

«Stai bene?»

«Certo, sì, volevo solo dirti che magari passo, vengo a raccontarti».

«Quando vuoi».

«Grazie, mamma, ciao, ti chiamo presto».

Chiuse la comunicazione e chiamò subito Sara e il telefono suonò ancora occupato e occupato rispose anche quello di Marco. Alzò il cellulare in alto, contro il cielo, e digitò i numeri di Sara con lentezza esasperante, come per far passare i secondi più in fretta possibile. Poggiò il telefono sull'orecchio e un suono lungo rispose. Era libero. Allora attaccò immediatamente e subito compose il numero di Marco. Aspettò che prendesse la linea col cuore in gola e quando il primo suono fu libero, chiuse il telefono e si coprì il volto con le mani, si passò le dita fra i capelli, strinse i pugni e si coprì di nuovo il volto.

Fece per sedersi ma tirò dritto verso l'uscita, passò davanti alla panchina dove erano seduti i due vecchi, uno dei due dormiva con il giornale sul ventre. Camminò a grandi passi oltre le giostre, riprese il telefono, entrò di nuovo fra le impostazioni e rimise nella modalità predefinita l'invio dei propri dati. Si fermò sull'ingresso del parco, si poggiò sul cancello rivolto verso la Prenestina, rimase fermo un attimo, poi aprì lo schermo come per scrivere un messaggio, lo richiuse. Scosse il capo e si passò una mano sulla fronte, cercò di pensare. Stai calmo, disse, stai calmo, sii uomo, cerca di essere uomo. Rientrò nel parco, fece qualche passo poi poggiò il dorso della mano contro la fronte, si fermò e subito tornò verso l'uscita. Si avvicinò al motorino, lo slegò, tirò fuori il casco. Con il casco sul braccio, andò indietro verso il cancello e rientrò, prese il telefono e chiamò Sara ma una musichetta suonò: non prendeva la linea o il cellulare era spento. Lo lasciò cadere in tasca e s'infilò il casco mentre camminava ancora sul marciapiede. Accese il motorino e con un gesto veloce sganciò il cavalletto e si buttò sulla strada. La Prenestina era una fila di macchine. Vide i gitanti della domenica che tornavano a casa, le famiglie, i bambini con gli occhi stanchi, uomini al volante annoiati dal traffico che dovevano aver trovato sulle arterie che li riportavano in città, pelle abbronzata, scottata, finestrini chiusi e aria condizionata. Guidò tra le macchine e i semafori mentre il sole cominciava davvero a scendere, ormai sempre prima, ogni giorno prima.

Sentì il telefono vibrare in tasca e accostò all'altezza di Casal Bertone, sul lato di un benzinaio chiuso. Due messaggi ricevuti. Aprì con le dita impacciate dalla fretta. Una telefonata persa. Sara ti ha chiamato mentre il tuo telefono era occupato. Tornò indietro e aprì l'altro messaggio. Era Marco. Spinse sui tasti frettolosamente. «Comunque, Lorenzo, mi ha fatto piacere parlare». Tenne il telefono aperto sulle gambe, si guardò intorno, vide i palazzi tutti uguali e le enormi lastre metalliche per le affissioni pubblicitarie. C'era un volto mezzo strappato e la carta scendeva giù penzolante. Rilesse il messaggio due volte, osservò ogni parola come se fosse slegata dalle altre, come se avesse una materia, poi spinse su Rispondi e scrisse: «Anche a me, Marco. Davvero. A presto». Spinse sul tasto di invio e vide la bustina viaggiare nello schermo. Richiuse il telefono e lo mise in tasca. Controllò nello specchietto retrovisore per ripartire e vide la sua faccia, gli occhi stanchi, i capelli troppo lunghi. I capelli. I capelli lunghi.

È notte lì in giardino nella casa del padre, è la notte del pranzo, il banchetto memorabile in paese, le stelle punteggiano il cielo nero e Marco dorme da chissà quanto e lui ha vomitato tutto e suo padre è seduto lì davanti, si sporge verso di lui e parla ubriaco, racconta ogni cosa disordinatamente, le notti di caccia con gli amici, il poker, la sfida del poker e tutto quello che sarebbe venuto quell'estate e a un certo punto si scosta dalla spalliera e si tira su facendo perno con le braccia e gli si avvicina. Parla a bassa voce. «Adesso, per esempio, voi, tu e Marco, siete amici». Si avvicina ancora e allunga una mano verso il suo volto e sembra voglia carezzarlo. «Tu e Marco, con questi capelli così, questi capelli lunghi uguali, siete così belli». Lui lo guarda, non capisce e suo padre sorride: «Siete amici, amici bellissimi». Poi si abbandona indietro, guarda il cielo e smette di parlare.

Indice

Finito di stampare
nel mese di maggio 2010
per conto di Adriano Salani Editore S.p.A.
dal Nuovo Istituto Italiano d'Arti Grafiche – Bergamo
Printed in Italy